Die drei !!!

SPIONE, SPAGHETTI und ganz viel VENEDIG

Henriette Wich

KOSMOS

Umschlaggestaltung von Franziska Misselwitz unter Verwendung von Figuren von Ina Biber, Gilching
Innenillustrationen: Franziska Misselwitz

S. 7, 15, 27, 41, 53, 63, 75, 85, 101, 113. 123, 135, 145, Cover (Muster) debra hughes/shutterstock; S. 7, 8, 15, 16, 27, 28, 41, 42, 53, 54, 63, 64, 75, 76, 85, 86, 101, 102, 113, 114, 123, 124, 135, 136, 145, 146 (Kapitelüberschriften) liusimus/shutterstock; Cover (Stadtplan), ad_hominem/shutterstock; S. 7, 15, 27, 41, 53, 63, 75, 85, 101, 113. 123, 135, 145 (Stadtplan) Intrepix/shutterstock; S. 8-158 (Wellen) Artem Stepanov/shutterstock; S. 8-157 (Silhouette) Greens87/shutterstock; S. 32, 51, 66, 106, 125, 139, 152 (Fun Fact-Rahmen) Ozz Design/shutterstock; S. 32, 51, 66, 106, 125, 139, 152 (fun Fact-Rahmen) Vasya Kobelev/shutterstock; S. 10, 13, 17, 19, 73, 80, 87, 103 (Sightseeingtipps) MSSA/shutterstock; S. 3, 15, 17, 41, 85, 135, Cover (Markusplatz) Yoko Design/shutterstock; S. 7, 27, 63, 74, 101, 123, 145 (Markusturm) Yoko Design/shutterstock; S. 7, 10, 27, 53, 75, 101, 135 (Gondel) FullRizqi/shutterstock; S. 3, 7, 13, 41, 63, 85, 123, 145, Cover (Rialtobrücke) DaGa5/shutterstock; S. 41, 75, 80, 113, 135 (Muranoglas) Nadine.de.trevile/shutterstock; S. 27, 63, 101, 103, 123 (Grabstein) PixelChoice/shutterstock; S. 15, 19, 53, 75, 113, 145 (Dogenpalast)
Karine1909/shutterstock; S. 3, 15, 53, 85, 87, 113, Cover (Tisch) Laifalight; Vorsatz (Pin im Stadtplan) Irina Adamovich/shutterstock.

Stadtplan: KOSMOS Kartografie, Stuttgart

Unser gesamtes lieferbares Programm und
viele weitere Informationen zu unseren Büchern,
Spielen, Experimentierkästen, Autoren
und Aktivitäten findest du unter **kosmos.de**

Dieser Titel erschien 2012 unter »Diebe in der Lagune«.
Weitere Bände dieser Reihe siehe S. 160

FSC www.fsc.org
MIX
Papier aus verantwortungsvollen Quellen
FSC® C014138

Gedruckt auf chlorfrei gebleichtem Papier

Pfizerstraße 5–7, 70184 Stuttgart

ISBN 978-3-440-17146-2
Redaktion: Lea Hille
Layout: Franziska Misselwitz
Satz: Walter Typografie & Grafik GmbH
Produktion: Verena Schmynec
Druck und Bindung: Finidr, s.r.o., Český Těšín
Printed in Czech Republic / Imprimé en République tchèque

Die drei !!!

Spione, Spaghetti und ganz viel Venedig

Kapitel 1

»Buongiorno, signorina!«

FRANZI

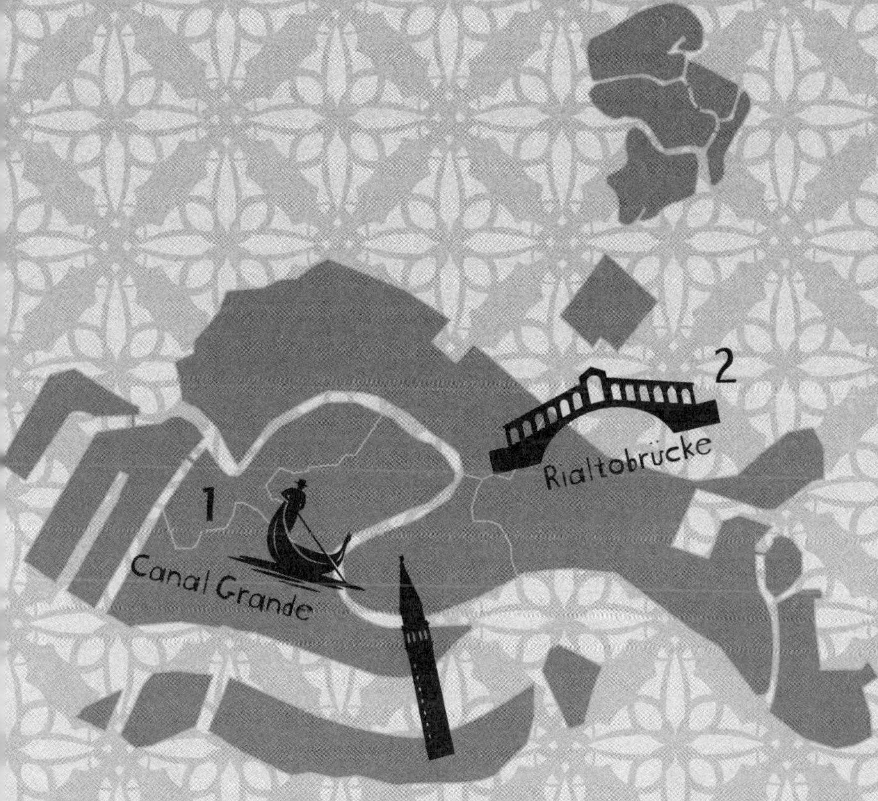

Auf nach Venedig!

»*Buongiorno, signorina!* Guten Morgen, junge Frau!« Marie wurde von einer dröhnenden Bassstimme aus dem Schlaf gerissen. Vor ihren Augen war alles schwarz, aber anscheinend stand der Schaffner direkt vor ihrem Bett.

»*Scusi*, bitte gehen Sie, *avanti*!«, brachte Marie mühsam hervor.

»Aber warrrum denn gleich so unfreundlich, Signorina? Ich habe Ihnen doch etwas Schönes mitgebracht.«

Ein verführerischer Duft nach heißem Kakao zog durchs Abteil. Marie riss sich die Schlafmaske vom Gesicht.

»*Una cioccolata, signorina*«, sagte Franzi immer noch mit verstellter Stimme und hielt Marie grinsend einen Becher hin.

»Du bist unmöglich! Ich hab wirklich gedacht, du bist irgend so ein aufdringlicher Schaffner. Aber

danke für den Kakao.« Kichernd nahm Marie den Becher entgegen und sah sich im Abteil um.
Helle Morgensonne schien zum Fenster herein. Kim und Franzi waren bereits angezogen und packten gerade ihre Sachen.
»Du musst dich beeilen, Marie«, sagte Kim. »In einer halben Stunde sind wir in Venedig.«
»Was, schon? Warum habt ihr mich nicht früher geweckt? Ich muss mich doch noch duschen und stylen!« Marie sprang aus dem Bett und verschwand blitzschnell im winzigen Bad. Als der Zug über die Ponte della Libertà auf den Bahnhof Santa Lucia zufuhr, erschien sie wieder in weißer Hose, Marine-Shirt und goldfarbenen Ballerinas.
Kim musterte ihre Freundin bewundernd von Kopf bis Fuß. »Du siehst toll aus! Aber ich bin mal gespannt, wie lange deine Hose weiß bleibt bei dem Gedrängel der Touristen.«
Marie winkte lachend ab. »Und wenn schon! Auch in Venedig gibt es Reinigungen.«
Kim und Franzi, die bequeme Jeans, T-Shirts und Strickpullis trugen, schoben aufgeregt ihre Koffer in den Gang. Der Zug fuhr in den Bahnhof ein, Bremsen quietschten und kurz darauf betraten die drei !!! zum ersten Mal venezianischen Boden.

»Marie, hallo, hier bin ich!« Tante Florentine kam ihnen auf dem Bahnsteig entgegengelaufen. Sie trug ein rotes Kleid und eine Kette aus bunten Glassteinen.

»Hallo, Tante Florentine!« Marie umarmte ihre Tante. »Danke, dass du uns eingeladen hast.«

»Herzlich willkommen in Venedig, mein Mädchen!« Tante Florentine strahlte. »Ich bin ja so glücklich, dass es geklappt hat. Kim, Franzi, schön, euch wiederzusehen!«

1. Canal Grande

Mit einer Breite von bis zu 70 Metern und fünf Metern Tiefe ist der Canal Grande der größte Kanal in Venedig. Auf etwa vier Kilometern schlängelt er sich durch die gesamte Altstadt und speist etwa 45 kleinere Kanäle.

Kim sah sich auf dem überfüllten Bahnsteig suchend um. »Ist dein Mann Michele gar nicht mitgekommen?«

Maries Tante hatte vor Kurzem einen Venezianer geheiratet, den sie bei ihrer Arbeit als Reisejournalistin kennengelernt hatte.

Tante Florentine schüttelte den Kopf. »Michele bereitet gerade die große Feier heute Abend vor. Aber er freut sich schon sehr auf euch und erwartet euch zu Hause. Kommt mit! Wir nehmen ein Vaporetto.«

Franzi machte ein fragendes Gesicht, aber Kim wusste Bescheid. »Das ist ein Linienschiff, das auf dem Canal Grande fährt.«

Tante Florentine nickte. »Genau. Und das bringt uns praktisch fast bis vor die Haustür. Michele und ich wohnen im Stadtviertel Dorsoduro. Dort wird es euch gefallen.«

Die Anlegestelle der Vaporetti lag direkt gegenüber vom Bahnhof. Ein bereits ziemlich volles Boot wollte gerade ablegen. Tante Florentine und die drei !!! gingen als Letzte an Bord. Dicht gedrängt standen sie zwischen amerikanischen und deutschen Touristen am Bug.

Kim, Franzi und Marie genossen die Aussicht. Gemächlich glitten die eleganten gotischen Häuser mit ihren schmalen Fenstern vorbei. Der Canal Grande wand sich wie eine große, träge Schlange durch die Stadt, die auf Schlamm gebaut war und mit ihren vielen Inseln auf Millionen von Holzpfählen ruhte. Obwohl die Motorboote einen ziemlichen Lärm machten, kam es Marie so vor, als würde all die Hektik, die sie sonst von Großstädten kannte, von ihr abfallen. Erst nach einer Weile fiel ihr ein, woran das lag: Es gab kein einziges Auto in der Altstadt von Venedig!

»Da vorne ist die Rialtobrücke«, sagte Tante Florentine. Marie kannte die berühmte Brücke von Fotos, aber in der Realität war sie noch viel beeindruckender. Marie erschien der weite Bogen wie ein feierlicher Vorhang, der sich für die Besucher öffnete.

»Die Rialtobrücke war die erste Brücke, die über den Canal Grande führte«, erzählte Tante Florentine. »Hier wurde immer schon Handel getrieben. Heute sind unter den überdachten Bögen Souvenirstände untergebracht. In der Nähe gibt es auch noch einen großen Gemüse- und Obstmarkt.«

Das Vaporetto fuhr unter der Rialtobrücke hindurch, und als es auf der anderen Seite wieder auftauchte, nahm Marie aus den Augenwinkeln eine fließende Bewegung wahr. Ein Junge, der unter dem

Dach des Schiffes stand, streckte seinen schlanken Körper ins Freie. Dieser Venezianer war echt süß! Etwa 16 Jahre alt, mit schwarzen Haaren, glänzend wie Lakritze.

Marie nutzte eine Lücke vorne an der Reling. Sie fuhr sich mit der linken Hand durch die offenen Haare und lächelte zu dem Jungen hinüber. Es dauerte nicht lange, dann hatte er sie bemerkt. Erst zwinkerte er, dann warf er ihr spontan eine Kusshand zu. Marie musste kichern. Plötzlich spürte sie einen Ellbogen in ihrem Rücken.

»Pssst!«, machte Kim.

»Nicht jetzt«, murmelte Marie verärgert.

Doch Kim verstärkte den Druck ihres Ellbogens. »Es gibt Arbeit für uns. Da drüben, siehst du?« Kim deutete auf eine amerikanische Touristin, die eine braune Lederhandtasche um die Schulter trug und sich lebhaft

2. Rialtobrücke

Die Rialtobrücke ist eines der ältesten Brückenbauwerke von Venedig und steht auf 12.000 Pfählen. Sie verbindet die Stadtteile San Polo und San Marco. In den Läden auf der Rialtobrücke kann man Souvenirs kaufen.

mit ihrer Freundin unterhielt. Sie war so vertieft in ihr Gespräch, dass sie die Gefahr nicht bemerkte.
»Zugriff auf mein Kommando«, flüsterte Kim. »Drei, zwei …«
Marie spannte ihre Muskeln an wie ein Tiger.
»… eins – LOS!«, rief Kim und die drei !!! drängten sich gleichzeitig nach vorne.

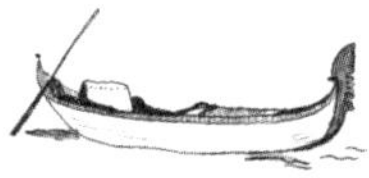

Kapitel 2

»Diebe! Haltet die Diebe!«

KIM, FRANZI UND MARIE

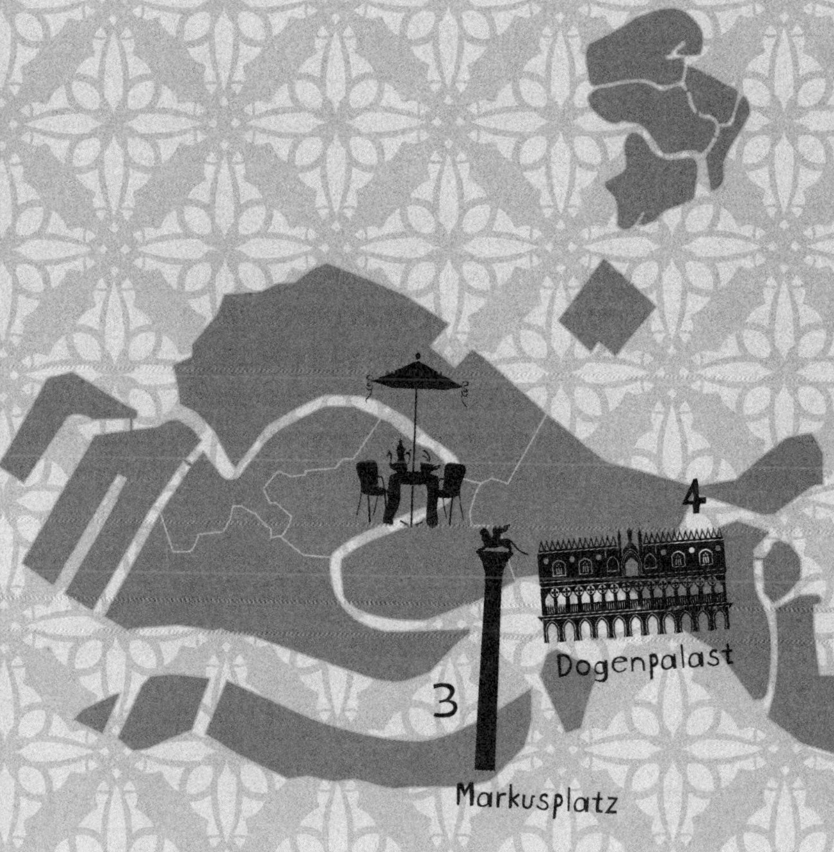

Adel verpflichtet

Die zwei Männer grinsten triumphierend. Erst waren sie unbemerkt immer dichter an die Amerikanerin herangerückt, dann traten sie in Aktion. Einer der beiden, ein pockennarbiger Typ mit Sonnenbrille, rempelte die Touristin absichtlich an und entschuldigte sich wortreich: »*Scusi, signora, I'm so sorry, scusi per favore!*«

»*No problem*«, antwortete die Amerikanerin freundlich. Sie schöpfte immer noch keinen Verdacht.

Da hatten die Langfinger des anderen, glatzköpfigen Mannes bereits den Reißverschluss ihrer Handtasche geöffnet und ihren Geldbeutel halb herausgezogen.

»Stopp!«, rief Kim.

Die drei !!! kreisten die Taschendiebe ein. Franzi schlug dem verblüfften Mann die Geldbörse aus der Hand, Marie fing sie geschickt auf und warf sie Kim zu. Die Detektivinnen schoben die Amerikanerin energisch von den Taschendieben fort.

Die Operation hatte höchstens fünf Sekunden gedauert und die beiden Männer derart überrumpelt, dass sie wie tiefgefrorene Stockfische hilflos stehen blieben.

Jetzt riefen die Detektivinnen aus voller Kehle: »Diebe! Haltet die Diebe!«

Sofort kam Leben in die umstehenden Touristen. »Diebe!« – »*Stop the thieves!*« – »*Ladro!*«

In drei verschiedenen Sprachen prasselten die Vorwürfe auf die Männer ein.

Plötzlich lösten sie sich aus ihrer Starre. Und auf einmal waren ihre Bewegungen blitzschnell. Sie tauchten unter den Köpfen der Menschen ab und verschwanden unter dem Dach des Vaporettos in der Menge der Fahrgäste. Die drei !!! stürmten hinterher, aber sie kamen viel zu langsam vorwärts. Jetzt steuerte das Schiff auf den Markusplatz zu. Die Anlegestelle war noch drei Meter entfernt, da sprangen

3. Markusplatz

Der größte Platz in Venedig ist 175 m lang und 82 m breit. Dort findet man die berühmte Markuskirche, den 98,6 Meter hohen Markusturm und den Dogenpalast. Da der Platz knapp über dem Meeresspiegel liegt, wird er bei Hochwasser immer wieder überflutet.

die zwei Männer ans Ufer und stolperten davon. Kurz darauf wurden sie von den Touristenmassen verschluckt.

»Zu spät!«, stöhnte Marie. »Sie sind entwischt.«

Kim gab der Amerikanerin ihre Geldbörse zurück. Die bedankte sich überschwänglich: »*Thank you! Thank you very much!*«

Die Fahrgäste klatschten begeistert.

»Ich hab euch beobachtet«, sagte Tante Florentine. »Das habt ihr super gemacht. Ihr seid wirklich mutig. Und ärgert euch nicht, dass die Taschendiebe entkommen sind. Diese Typen kennen Venedig wie ihre Westentasche und sind unglaublich geschickt und schnell.«

»Das haben wir gemerkt.« Kim seufzte. Die Chance war winzig klein, aber vielleicht liefen ihnen die Verbrecher ja in den nächsten Tagen zufällig noch einmal über den Weg. Dann würde man sehen, wer schneller war: zwei miese Taschendiebe oder die drei !!! mit ihrer ausgefeilten Verfolgungstaktik!

Durch den aufregenden Zwischenfall bekamen Kim, Franzi und Marie kaum etwas vom Markusplatz, dem Dogenpalast und dem schlanken Turm des Campanile mit. Das Vaporetto ließ die Hauptsehenswürdigkeiten hinter sich und steuerte jetzt

das Stadtviertel Dorsoduro an. Nach ein paar Stationen stiegen sie aus.
Tante Florentine führte sie über zwei kleine Brücken zu einem ruhigen Platz und blieb schließlich vor einem dreistöckigen, rostroten Palazzo stehen, der auf schlanken Säulen ruhte. »Das ist unser Haus. Schlicht, aber sehr gemütlich!«
Als sie den Palazzo betraten, stellte sich schnell heraus, dass Tante Florentine maßlos untertrieben hatte. Die Räume waren riesig. Goldschimmernde

4. Dogenpalast

Über 900 Jahre war er die Residenz der Dogen, der Oberhäupter der Republik Venedig. Hier fanden Ratsversammlungen, Staatsbesuche und Feste statt. Seit 1923 befindet sich in dem prunkvollen Gebäude ein Museum.

Tapeten wechselten sich mit wertvollen Wandteppichen ab. Die Decken waren aus Holz und die Möbel liebevoll ausgewählte Antiquitäten, vermutlich aus Familienbesitz.
Die drei !!! ließen sich herumführen. Bei näherer Betrachtung stellte sich dann zwar heraus, dass der Verputz hier und da bröckelte und die Bäder renovierungsbedürftig waren, aber das machte den Palazzo sogar noch liebenswerter.
Die größte Überraschung kam aber, als Tante Florentine eine Zwischentür zum hinteren Teil des Hauses öffnete. Plötzlich standen sie in einer Großküche. Geklapper von Töpfen und Pfannen, zischendes Frittierfett und die Stimmen der Köche bildeten zusammen eine ohrenbetäubende Lärmkulisse.
»Michele!«, rief Tante Florentine und flog dem Koch mit der größten Mütze in die Arme.
Der füllige Venezianer mit den zurückgekämmten, schwarzen Haaren stellte sofort seine Pfanne zur Seite. »Florentine, *cara mia*, da bist du ja, mein Schatz! Und wen hast du da mitgebracht? Drei wunderhübsche Mädchen! *Buongiorno*, ihr Lieben, herzlich willkommen, ich bin Onkel Michele!«
»Schön, dich kennenzulernen! Ich wusste gar nicht, dass du ein Restaurant hast«, sagte Marie.

Onkel Michele machte eine abwehrende Handbewegung. »*No, no!* Kein Restaurant, nur eine kleine, bescheidene Cateringfirma. Wir liefern Cicchetti an unsere Kunden.«

»Cicchetti sind venezianische Häppchen«, erklärte Tante Florentine. »Sie sind hier sehr beliebt.«

»Wollt ihr mal probieren?« Onkel Michele hielt ihnen ein Tablett mit Fleischklößchen, Auberginen, Babytomaten und winzigen, frittierten Fischen hin. Die leckeren Häppchen waren auf Zahnstocher aufgespießt.

Kim lief sofort das Wasser im Mund zusammen. »Danke!« Die Fische waren noch warm und herrlich knusprig. Auch Franzi und Marie griffen gerne zu.

»Wir wollen dich nicht länger stören«, sagte Tante Florentine. »Ich weiß, ihr habt heute alle Hände voll zu tun.«

Onkel Michele schüttelte entrüstet den Kopf. »Ihr stört überhaupt nicht.« Zum Beweis drehte er sich vom Herd weg und legte liebevoll den Arm um seine Frau.

Marie freute sich für ihre Tante. Sie hatte sie noch nie so glücklich erlebt.

Mitten in die romantische Stimmung platzte ein Junge, der aussah, als ob er gerade vom Golfplatz käme. Er trug ein weißes Poloshirt, eine dunkelblaue Stoffhose mit Bügelfalten und weiße Sneakers. Kim prägte sich sofort seine Personenbeschreibung ein. Der Junge war etwa 17 Jahre alt, circa 1,90 Meter groß, sehr schlank und hatte dunkelblonde Haare, die in weichen Wellen sein ovales Gesicht einrahmten. Er war sehr attraktiv, was ihm leider selbst auch schon aufgefallen war.

»*Michele, uno momento per favore!*«, sagte er und gab anschließend einen Schwall italienischer Worte von sich. Die drei !!! verstanden nur noch Bahnhof.

»*Molto bene, grazie!*« Onkel Michele strahlte. Dann wandte er sich an die Detektivinnen. »Entschuldigt bitte, das ist Alessandro. Und das ist Marie, Florentines Nichte, mit ihren Freundinnen Kim und Franzi. Alessandros Mutter ist so lieb und spendiert uns die Partydekoration. Unsere Familien sind seit vielen Jahren befreundet.«

»Unsere *adligen* Familien«, fügte Alessandro mit näselnder Stimme hinzu. »Guten Tag! Es freut mich, euch kennenzulernen.« Er sprach akzentfrei Deutsch und taxierte die drei !!! mit hochgezogenen Augenbrauen. Sein Urteil fiel offenbar nicht gerade positiv aus. Franzi und Kim in ihren bequemen Jeans sah er kaum an. Nur Marie schenkte er gnädige Beachtung.

»Hallo«, sagte Marie kühl. Mit eingebildeten Leuten hatte sie nämlich noch nie etwas anfangen können.

Onkel Michele und Alessandro unterhielten sich wieder auf Italienisch, und Tante Florentine drängte zum Aufbruch. Sie wollte den drei !!! unbedingt gleich am ersten Tag die wichtigsten Sehenswürdigkeiten Venedigs zeigen.

Mit Lunchpaketen und Mineralwasserflaschen bewaffnet verließen sie den Palazzo und mischten sich ins bunte Treiben der Touristen. Diesmal bestiegen sie kein Boot, sondern legten den Weg zu Fuß zurück. Bald erreichten sie die Accademia-Brücke, welche die beiden Stadtviertel Dorsoduro und San Marco miteinander verband. Und dann standen sie endlich auf dem berühmten Markusplatz.

Tante Florentine breitete lächelnd die Arme aus. »Napoleon hat einmal gesagt, der Markusplatz sei der schönste Salon Europas, dem als Decke zu dienen nur der Himmel würdig sei.«

Franzi ließ ihren Blick über den weiten Platz wandern. Er war voller Leben: Touristen, Fotografen, Tauben, Cafébesucher. Und trotzdem fühlte man sich nicht bedrängt. »Napoleon hat recht«, sagte sie.

Kim hielt inzwischen nach den Taschendieben vom Vaporetto Ausschau.

»Wo hast du deinen Michele eigentlich kennengelernt?«, erkundigte sich Marie. Langsam schlenderten sie weiter hinüber zur Kirche.

»Bei einem Interview«, erzählte Tante Florentine. »Ich habe einen Artikel über seine Cateringfirma geschrieben. Es war Liebe auf den ersten Blick. Für Michele habe ich sogar mein rastloses Reiseleben aufgegeben und es nicht bereut. Jetzt bin ich eben Expertin für die Lagunenstadt. Venedig ist so wunderschön! Hier möchte ich alt werden.«

Marie drückte kurz den Arm ihrer Tante. »Das klingt toll!«

»Wir wünschen euch beiden ganz viel Glück«, sagte Franzi.

Ein Schwarm Tauben flatterte in die Höhe. Für einen Augenblick waren sie eingehüllt in eine Wolke aus Flügeln und friedlich gurrenden Lauten, über der sich ein tiefblauer Himmel spannte.

»Du Biest!«, rief Tante Florentine plötzlich.

»Wie bitte?« Franzi sah Maries Tante ratlos an. Hatte sie etwas Falsches gesagt?

Tante Florentine kramte ein Taschentuch aus ihrer Handtasche und wischte damit hektisch über ihre

Haare. »Hat mir doch tatsächlich so eine blöde Taube auf den Kopf gemacht! Die Vögel sind das Einzige, was mir nicht an Venedig gefällt. Kommt, Kinder! Wir flüchten in die Kirche.«

Der Rest des Nachmittags verging wie im Flug. Sie besichtigten die prächtige Markuskirche mit ihren kunstvollen Mosaiken und fuhren mit dem Aufzug zur Turmspitze des Campanile, um von dort die tolle Aussicht zu genießen. Danach machten sie ein kleines Picknick auf einem der vielen Plätze, holten sich ein Eis und schlenderten weiter zur Rialtobrücke, wo sie sich die Souvenirstände und den Obst- und Gemüsemarkt ansahen.

Müde und voller neuer Eindrücke setzten sie sich auf die Stufen einer Brücke, als Marie plötzlich nervös wurde. »Tante Florentine, wann beginnt denn heute die Feier?«

»Um acht«, sagte sie verwundert. »Geht's dir nicht gut? Du bist so blass.«

Marie sah auf ihre Armbanduhr und stöhnte. »Nur noch zwei Stunden fürs Styling! Verratet ihr mir mal, wie ich das hinkriegen soll? Wir müssen sofort los!«

Kim und Franzi tauschten einen amüsierten Blick. »Keine Panik!«, sagte Kim. »Du wirst wie immer großartig aussehen.«

Sie bestiegen ein Vaporetto und kehrten zurück nach Hause. Marie lief schnell voraus zum Palazzo.

»Warte!«, rief Tante Florentine. »Du hast doch gar keinen Schlüssel.«

Kim und Franzi blieben grinsend zurück. Sie hatten Zeit. Als sie nur noch ein paar Meter vom Palazzo entfernt waren, packte Franzi Kim plötzlich am Arm und schubste sie hinter die Ecke des Nachbarhauses.

»Aua!«, sagte Kim. »Du hast mir ...« Die restlichen Worte wurden von Franzis rechter Hand erstickt, die sich entschlossen auf Kims Mund legte. Mit der anderen Hand zeigte Franzi zum Palazzo hinüber.

Auf einmal spürte Kim keinen Schmerz mehr. Ihr Herz pochte bis in den Hals hinauf. Zwei männliche Gestalten schlichen um den Palazzo herum. Das waren keine Kunden und auch ganz sicher keine Freunde oder Verwandten von Onkel Michele. Die Männer wollten nicht gesehen werden. Geduckt rannten sie zum Kanal hinüber, stiegen in ein bereitstehendes Motorboot und brausten davon.

Langsam richtete Kim sich auf und murmelte: »Ich könnte schwören: Das waren die Taschendiebe von heute Morgen!«

Kapitel 3

»Wollen wir uns ins venezianische Nachtleben stürzen?«

MARIE

Tango-fieber

»Verflixt, der Reißverschluss klemmt!«, stöhnte Marie und machte die unmöglichsten Verrenkungen vor dem Spiegel.

»Warte, ich helf dir«, bot Kim an.

Die drei !!! hatten sich zum Partystyling auf ihr Zimmer im zweiten Stock zurückgezogen. Draußen vor den Fenstern war es bereits dunkel geworden. Das sanfte Licht der Stehlampen spiegelte sich geheimnisvoll im Wasser des Kanals.

»So, das hätten wir geschafft!«, sagte Kim, nachdem sie auch noch das Häkchen über dem Reißverschluss zugemacht hatte.

»Danke, du bist ein Schatz.« Marie drehte sich vor dem Spiegel. Sie trug ein Seidenkleid im 20er-Jahre-Stil. Die blau-grüne Farbe passte super zum Verlobungsring ihrer Mutter. Kurz vor der Reise nach Venedig hatte Marie den Opalring von ihrem Vater geschenkt bekommen. Seitdem bewahrte sie

das Andenken an ihre verstorbene Mutter wie einen Schatz.
Die Freundinnen bewunderten ihre Outfits. Kim trug zum fliederfarbenen Korsagenkleid ein roséfarbenes Tuch. Und Franzi sah toll aus im hellgrauen Dandy-Anzug mit Schluppenbluse.
»Was meint ihr?«, fragte Marie. »Wollen wir uns ins venezianische Nachtleben stürzen?«
Kim zögerte. »Ich finde, du solltest den wertvollen Ring heute Abend lieber nicht tragen. Deine Tante hat bestimmt einen Tresor, wo du ihn aufbewahren kannst.«
Marie verdrehte die Augen. »Kim! Es ist überhaupt nicht gesagt, dass es wirklich die Taschendiebe waren, die ihr vor dem Palazzo gesehen habt.«

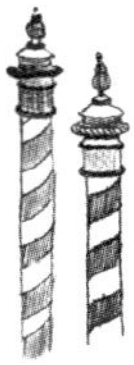

»Kann sein«, gab Kim zu. »Trotzdem hab ich ein blödes Gefühl. Wer weiß, vielleicht kommen die Typen zurück und schleichen sich mit den Gästen unbemerkt rein?«
»Kim hat recht«, sagte Franzi. »Du solltest kein unnötiges Risiko eingehen.«
Marie konnte es nicht leiden, von anderen bevormundet zu werden. »Malt doch nicht den Teufel an die Wand. Ich werde den Ring keine Sekunde vom Finger nehmen, nicht mal, wenn ich aufs Klo gehe.

Okay? Und jetzt kommt endlich, sonst verpassen wir noch den Anfang der Party.«

Kim und Franzi gaben sich geschlagen. Aufgekratzt liefen sie gemeinsam die Treppe hinab.

Aus dem Wohnzimmer drang Tangomusik. Der Raum hatte sich wie durch Zauberhand in einen Ballsaal verwandelt: Die Antiquitäten waren in einem anderen Raum untergestellt und durch eine Handvoll Bistrotische und ein lang gestrecktes Büfett ersetzt worden. Am Rand der riesigen Tanzfläche spielte sich die Liveband schon mal warm. Piano, Kontrabass und Bandoneon erzeugten den typischen Tango-Sound. Der Rhythmus ging sofort ins Blut.

Unter dem Kronleuchter standen Tante Florentine und Onkel Michele und begrüßten die ersten Gäste. Als Onkel Michele die drei !!! entdeckte, warf er ihnen begeistert Kusshände zu. »Ihr seht toll aus! Amüsiert euch, habt Spaß!«

»Danke«, sagte Marie lachend. Doch plötzlich fror ihr Lachen ein.

Alessandro im schwarzen Abendanzug mit weißer Fliege steuerte auf sie zu. Er tat so, als wären Kim und Franzi neben ihr einfach Luft. »Hallo, Marie! Du siehst wunderschön aus. Wollen wir tanzen?«

»Später vielleicht«, antwortete Marie. »Jetzt muss ich mich erst mal stärken.« Demonstrativ drehte sie sich um, hakte sich bei ihren Freundinnen unter und stolzierte auf ihren hochhackigen Sandaletten davon.

Franzi musste kichern. »Dem hast du's aber gegeben. Der arme Junge ist total fertig.«

»Er wird's überleben«, sagte Marie ungerührt. »Solange er sein doofes Adelsgetue nicht ablegt, hat er bei mir sowieso keine Chance.«

Vor dem Büfett standen ein paar Venezianer und schaufelten sich große Portionen Cicchetti auf die Teller. Die drei !!! versorgten sich auch mit Leckerbissen. Marie drapierte gerade zwei Schinkenröllchen um eine Melonenscheibe, als plötzlich ein Junge neben ihr auftauchte. Ein Junge mit schwarzen Haaren, glänzend wie Lakritze. Er stutzte kurz, dann lächelte er breit. Und als hätten sie beide ein inneres Metronom, das im selben Takt schlug, fingen sie gleichzeitig an zu reden.

»*Ciao! Sembra una felice coincidenza!*«, sagte der Junge.

»Ist das ein Zufall!«, sagte Marie. »Wir kennen uns vom Vaporetto. Was machst du denn hier?«

Der Junge fuhr sich lässig mit der Hand durch die

Haare. Er sah unverschämt gut aus in seinem schwarzen Pullover und der grauen Anzughose. »Ich bin Luca, der Freund … von einem Freund des … wie sagt man … Brautgams?«

»Bräutigams«, korrigierte Marie. »Hi, Luca! Ich bin Marie, die Nichte der Braut.«

Fun Fact

»Ciao!«, sagen die Italiener. Das Wort kommt von der venezianischen Redensart »s-ciavo vostro« und bedeutet »zu Ihren Diensten«.

Luca streckte ihr die Hand hin. Sein Händedruck war fest und warm.

»Wir gehen schon mal vor«, hörte Marie Franzi sagen. Dann waren Kim und Franzi aus ihrem Blickfeld verschwunden und es gab nur noch Luca und sie.

»Davon wirst du aber nicht satt!«, sagte Luca. Er zeigte grinsend auf ihren Teller, der immer noch halb leer war. »Darf ich?«

»Klar.« Marie beobachtete fasziniert, wie er ein Stillleben aus Früchten, Gemüse und Fleisch für sie

arrangierte. Danach organisierte er ein Glas Fruchtsaft und führte sie zu einem freien Bistrotisch. Marie kam sich vor wie eine venezianische Prinzessin.
Als sie mit dem Essen fertig waren, begann die Liveband ein neues, mitreißendes Stück. Tante Florentine und Onkel Michele eroberten die Tanzfläche und steckten viele Gäste mit ihrer Begeisterung an.
»Komm, lass uns tanzen!«, rief Luca. Er griff nach Maries Hand und zog sie in die Mitte des Raumes.
Es war ein schneller Tango und schon nach den ersten Takten stellte sich heraus, dass Luca nicht besonders gut tanzen konnte. Seltsamerweise machte es Marie überhaupt nichts aus, dass Luca ihr auf die Füße trat. Er war so süß, wie er sich erst zerknirscht entschuldigte und danach einen Scherz machte. Marie musste dauernd kichern, während sie mit Luca einen Fantasietanz hinlegte, der mit Tango nur entfernte Ähnlichkeit besaß.
Es wurde eng auf der Tanzfläche. Die Paare mussten einander ausweichen und immer wieder blitzte irgendwo ein helles Licht auf. Anscheinend war ein Fotograf unterwegs, der sich die tollen Motive nicht entgehen lassen wollte.
Luca runzelte die Stirn. »Ich hasse diese Paparazzi. Sie sind einfach überall.«

»Ach, lass sie doch!«, sagte Marie nur. »Wir sind bestimmt das schönste Paar hier.«
Luca lachte. »Vielleicht hast du recht.« Er wirbelte sie so schnell herum, bis ihr schwindelig wurde.
Dann rief jemand neben ihnen: »*Cheese, please!*«
Marie hatte gerade Körper und Kopf weit nach hinten gebogen. Automatisch knipste sie ihr Kameralächeln an. Doch bevor das Blitzlicht kam, holte Luca sie zurück und machte ein paar dramatische Schritte quer durch den Raum. Marie musste wieder kichern – bis Luca sie an seine Brust zog und ihr ins Ohr flüsterte: »Ich bin so froh, dass wir uns zufällig wiedergesehen haben.«
Marie wusste nicht, was sie sagen sollte. Obwohl sie sich kaum noch bewegten, tanzte ihr Herz weiter im Takt. Dann sah sie aus den Augenwinkeln, dass ein Paar sich sehr schnell auf sie zubewegte. Viel zu schnell ...
»Passt doch auf!«, rief Marie.
Zu spät. Das Paar stieß frontal mit ihnen zusammen. Marie bekam einen schmerzhaften Stoß gegen die Rippen. Sie hörte Luca leise fluchen und stolpern, den Aufschrei der anderen Partnerin und danach Alessandros näselnde Stimme: »Oh, das tut mir leid! Es war allein meine Schuld.«

»Allerdings«, sagte Marie. »Du hättest wirklich besser aufpassen sollen.« Verärgert zupfte sie an ihrem Kleid, das durch den Zusammenstoß leicht verrutscht war.
»*Scusi*, entschuldige bitte, Marie!«, sagte Alessandro.
Lucas Augen verengten sich. »Ihr kennt euch?«
Alessandro nickte nur. Er sah immer noch Marie an. Erst jetzt fiel ihr auf, dass seine Augen blau waren. Verwaschen blau wie das Wasser im Canal Grande.
Alessandro sagte ein paar Worte auf Italienisch zu seiner Tanzpartnerin. Anschließend deutete er eine knappe Verbeugung vor Marie an. »Ich möchte meinen Fehler wiedergutmachen. Darf ich dich um den nächsten Tanz bitten?«
Marie war so sprachlos, dass sie nicht sofort reagieren konnte. Alessandro interpretierte ihr Schweigen als Ja. Wie selbstverständlich legte er den Arm um ihre Taille und tanzte mit ihr los.
»Aber ich ...«, fing Marie an und drehte sich suchend nach Luca um. Doch der wurde bereits von anderen Tänzern verdeckt.
Alessandro schüttelte lächelnd den Kopf. »Nicht sprechen! Beim Tango darf man nicht reden.«
Marie wollte protestieren, aber da war sie schon verzaubert. Alessandro führte sie in einer einzigen,

leidenschaftlichen, fließenden Bewegung. Er war ein begnadeter Tangotänzer und schwebte scheinbar schwerelos übers Parkett. Marie schloss die Augen und gab sich ganz dem Tango hin. Sie machte die Augen erst wieder auf, als die Musik verstummte und Alessandro sie mit seinem Siegerblick betrachtete.

»Ich hatte recht, oder?«, fragte er. »Den Tango muss man spüren. Komm, ruhen wir uns kurz aus.«

Er ging mit ihr zu einem freien Bistrotisch und holte zwei große Gläser mit Mineralwasser. Sogar beim Trinken konnte er es nicht lassen, den blasierten Adligen zu spielen. Er spreizte seine Finger seltsam verkrümmt um das Glas. »Ich hab dich noch gar nicht nach deiner Familie gefragt. Erzähl mir ein bisschen von dir!«

Nach der Leidenschaft des Tanzes kehrte Marie schnell wieder auf den Boden der Tatsachen zurück. Sie wollte den Abend nicht mit Alessandro verbringen. Sie wollte mit Luca zusammen sein. Nur aus Höflichkeit beantwortete sie Alessandros Fragen, allerdings so knapp wie möglich. Leider war Alessandro ziemlich hartnäckig. Er ließ nicht locker, bis er erfahren hatte, dass Maries Vater ein berühmter Schauspieler war und die Patchworkfamilie in einer Villa wohnte.

Plötzlich fing er an zu strahlen. »Das ist ja großartig! Ich meine, du kannst dir gar nicht vorstellen, wie erleichtert ich bin. Lass es mich erklären: Ich war unhöflich zu dir heute Morgen, dafür möchte ich mich entschuldigen. Aber ich habe schlechte Erfahrungen gemacht. Viele Mädchen sind nämlich nur auf meinen Adelstitel und mein Geld aus.« Er seufzte und sah auf einmal richtig traurig aus. »Ich will aber um meiner selbst willen geliebt werden.«

Mit diesem ehrlichen Geständnis hatte Marie nicht gerechnet. War Alessandro gar nicht so eingebildet, wie er tat? Marie kam nicht mehr dazu, weiter darüber nachzudenken, weil auf einmal Luca vor ihr stand. Er warf Alessandro einen vernichtenden Blick zu und sagte dann zu Marie: »Wollen wir uns Nachschub vom Büfett holen?«

»Super Idee!« Marie lächelte Alessandro unverbindlich an und verabschiedete sich mit einem Kopfnicken. Als sie Luca folgte, fing ihr Herz sofort wieder an, Tango zu tanzen.

Beim Büfett trafen Marie und Luca auf Kim und Franzi, die sich gerade eisgekühlte Colaflaschen und eine Chipstüte geschnappt hatten.

»Im Nebenraum ist ein Kickertisch«, erzählte Franzi. »Wer hat Lust auf ein Spiel mit Kim und mir?«

»Ich!«, riefen Marie und Luca gleichzeitig.
Den restlichen Abend verbrachten die vier beim Kickern. Es wurde ein heißer Wettkampf zwischen den Teams, den schließlich Kim und Franzi für sich entschieden. Franzi als Kickerprofi war einfach unschlagbar.
Als sie zurück ins Wohnzimmer kamen, hatte sich der Raum spürbar geleert. Alessandro war verschwunden. Nur noch eine Handvoll Gäste stand etwas verloren an den Bistrotischen herum. Die Liveband packte ihre Instrumente zusammen.

»Ist die Party etwa schon vorbei?«, fragte Marie entsetzt. »Sie hat doch eben erst angefangen.«
Onkel Michele, der sich gerade bei den Musikern für die tolle Unterhaltung bedankte, drehte sich lachend zu seiner Nichte um. »Hast du mal auf die Uhr gesehen? Es ist weit nach Mitternacht!«
»Stimmt«, musste Marie zugeben. Der Abend war viel zu schnell verflogen.
Luca räusperte sich. »Ich muss dann auch langsam los.«
Marie vermisste ihn jetzt schon und überlegte, ob er sie wohl nach ihrer Handynummer fragen würde.
»Es war wirklich ein wunderschöner Abend«, sagte Luca an der Garderobe. »*Grazie mille!*«

»Bis hoffentlich ganz bald«, sagte Tante Florentine. Onkel Michele klopfte Luca väterlich auf die Schulter.

»Ja, bis bald …« Marie ging noch mit zur Haustür. Da umarmte Luca sie unvermittelt und steckte ihr verstohlen einen kleinen Zettel zu. Marie ließ ihn schnell in ihrer Handtasche verschwinden und lächelte, als ob nichts gewesen wäre: »Ciao, Luca!«

Ein letztes Winken, ein letzter Blick, dann war Luca weg. Die übrigen Gäste brachen bald danach auf. Onkel Michele holte ein Tablett und sammelte die leeren Gläser ein. Seine Frau blies die Kerzen aus.

Marie nahm ihre Handtasche, die sie auf einem Bistrotisch abgestellt hatte, und stutzte. Auf dem Tisch waren ein paar bunte Visitenkarten verstreut. Neugierig nahm Marie eine davon. Sie stammte von dem Fotografen, der während der Party Aufnahmen gemacht hatte. »Ein unvergesslicher Abend, unvergessliche Schnappschüsse«, stand dort auf Italienisch und Deutsch. Darunter war die Homepage des Fotografen angegeben, dort konnte man die Fotos kostenlos herunterladen oder Abzüge bestellen.

Franzi sah Marie über die Schulter und grinste. »Ich weiß, was du vorhast! Du willst dir ein Foto von deinem süßen Luca sichern, stimmt's?«

»Er ist nicht mein Luca«, sagte Marie betont gleichgültig. Dabei konnte sie es kaum erwarten, nach Fotos von Luca und ihr zu suchen.

Kapitel 4

»Der Ring! Wo ist dein Ring?«

FRANZI

Schock am Morgen

Marie wachte auf, bevor der Weckalarm ihres Handys losging. Leise stand sie auf und schlüpfte in ihren Bademantel. Dann nahm sie Handy und Laptop und schlich damit auf Zehenspitzen zur Tür, um Kim und Franzi nicht zu wecken. Es gelang ihr, fast lautlos das Gästezimmer zu verlassen und hinunter in die große Wohnküche zu huschen. Um sieben Uhr morgens war der Palazzo noch im Dornröschenschlaf versunken.

Marie setzte sich an den Küchentisch und fuhr aufgeregt den Laptop hoch. Da war sie, die Homepage des Fotografen. Marie klickte auf die Diashow. Ihre Augen flogen von einem Foto zum anderen. Endlich entdeckte sie zwei Aufnahmen: Sie und Luca auf der Tanzfläche, beide Male verschwommen. Fieberhaft suchte Marie weiter. Sie wurde fündig, aber Luca und sie waren auf den Fotos leider nie von vorne zu sehen oder viel zu weit weg von der

Linse des Fotografen. Dafür stieß Marie ständig auf Alessandro. Er war so häufig im Bild, dass es kein Zufall sein konnte. Bestimmt hatte er sich absichtlich vorgedrängt. Das sah ihm ähnlich, so eitel, wie er war.

»Mist!«, murmelte Marie und klappte enttäuscht den Laptop zu.

In ihrem Bademantel knisterte der Zettel mit Lucas Handynummer. Es war leider viel zu früh, um ihn anzurufen. Aber eine Nachricht konnte sie ihm schicken ...

Nachdem Marie die zwei wichtigsten Aktionen des Tages erledigt hatte, duschte sie und lief leise zurück ins Gästezimmer. Kim und Franzi schliefen immer noch. Das passte gut.

Marie wählte in aller Ruhe ein orangefarbenes Kleid mit weißen Pünktchen aus und beschloss, sich die Fingernägel in der passenden Farbe zu lackieren. Aber zuerst musste sie den Perlmuttlack von gestern Abend entfernen.

Marie setzte sich in einen Sessel, beugte sich über ihre linke Hand und griff nach dem Nagellackentferner. Plötzlich erstarrte sie. Der Ringfinger ihrer linken Hand war leer. Der Verlobungsring ihrer Mutter war weg!

Marie wurde eiskalt. Sie sprang auf und weckte Kim und Franzi. »Wacht auf! Es ist was Schreckliches passiert!«

»Passionsfrucht? Hä? Was ist los?«, fragte Franzi schlaftrunken. Marie hatte sie anscheinend aus einem schönen Traum gerissen.

Kim war mit einem Satz aus dem Bett. »Sind die Taschendiebe im Palazzo? Haben sie bei uns eingebrochen?«

Fun Fact

In Venedig gibt es keine Autos. Rad fahren darf man dort auch nicht. Am besten entdeckt man die Stadt per Boot, Schiff und Gondel oder zu Fuß.

Marie streckte schweigend ihre linke Hand aus.
Franzi starrte auf Maries Hand und rief: »Der Ring! Wo ist dein Ring?«
»Jemand ... h...hat ihn gestohlen!«, stammelte Marie.
Kim und Franzi sahen sie ungläubig an.
Kims Gehirn arbeitete auf Hochtouren, dann rief sie: »Stopp, warte! Er muss nicht gestohlen worden sein. Vielleicht hast du ihn bloß irgendwo verlegt. Hast du ihn abgenommen, bevor du ins Bett gegangen bist, oder liegt er im Badezimmer?«
»Nein«, sagte Marie.
»Hast du ihn auf der Party auf dem Waschtisch der Gästetoilette kurz abgelegt?«, fragte Franzi weiter. »Oder ist er dir vom Finger gerutscht, weil er zu locker war?«
»Nein, nein, nein!« Marie vergrub ihr Gesicht in den Händen. »Ich hab den Ring keine Sekunde vom Finger genommen und er saß nicht locker. Als wir zur Party runtergegangen sind, hatte ich ihn noch. Das weiß ich genau. Habt ihr ihn später noch an meinem Finger gesehen?«
Kim stöhnte. »Ich hab leider nicht darauf geachtet.«
»Ich auch nicht«, sagte Franzi. »Zu blöd von mir!«

Alle schwiegen bedrückt. Dann sprach Kim aus, was alle dachten: »Es gibt nur eine Möglichkeit: Jemand hat dir den Ring während der Party so geschickt vom Finger gezogen, dass du es nicht mitbekommen hast.«

Bei der Vorstellung wurde Marie wütend. »Das gibt's doch nicht! Dass mir so was passiert, als Detektivin!«

Franzi legte ihr tröstend den Arm um die Schulter. »Mach dir keine Vorwürfe. Das war ein Profi. Gegen den hattest du keine Chance.«

Franzi hatte wahrscheinlich recht, aber das tröstete Marie nicht. Sie hatte das Wertvollste verloren, was sie je besessen hatte. Sie hatte den Ring nicht beschützt. Eine Welle von Schuldgefühlen überrollte Marie. Wie sollte sie das nur ihrem Vater erklären?

»Kim, Franzi, Marie«, hörten sie Tante Florentine vom Erdgeschoss heraufrufen. »Frühstück ist fertig!«

Franzi lief schnell zur Tür. »Wir kommen gleich.«

Marie sehnte sich danach, wieder ins Bett zu kriechen und den ganzen Tag dort zu verbringen. Aber das ging nicht, dann würde Tante Florentine bestimmt Fragen stellen und Marie wollte sie nicht anlügen.

»Komm, Marie!«, sagte Kim. »Das Frühstück wird dich ablenken. Weiß Florentine von deinem Ring? Ist er ihr aufgefallen?«
Marie schüttelte den Kopf. »Nein. Ich wollte ihr in einem ruhigen Augenblick davon erzählen, aber es gab bisher keine Gelegenheit dazu.«
»Na, siehst du!« Franzi zog sich mit einem Ruck ihr Nachthemd über den Kopf. »Das nenne ich Glück im Unglück.«

Zwanzig Minuten später saßen die drei !!! am Frühstückstisch. Tante Florentine und Onkel Michele schöpften keinerlei Verdacht. Gut gelaunt sprachen sie über die gelungene Party des gestrigen Abends.
»Die Gäste haben alles aufgegessen«, berichtete Onkel Michele stolz.
»Kein Wunder. Das Büfett war auch total lecker!«, lobte Kim.
»Und die Musik war auch super«, meldete sich Franzi zu Wort. »So eine tolle Liveband habe ich noch nie gehört.«
Onkel Michele erzählte, woher er die Band kannte und dass Venedig die älteste Tango-Tradition Italiens besaß. Er selbst war ein leidenschaftlicher Tangotänzer.

»Apropos Tango!« Tante Florentine zwinkerte ihrer Nichte zu. »Die Jungs haben dich ja gestern heftig umschwärmt. Besonders Alessandro war ganz hingerissen von dir. Und, wie findest du ihn? Habt ihr euch nett unterhalten?«

»Ja ... schon«, antwortete Marie so diplomatisch wie möglich. »Er ist okay. Er redet nur ziemlich viel von seiner adligen Familie und vom Geld. Das finde ich, ehrlich gesagt, nicht so wahnsinnig spannend.«

Onkel Michele stellte seine Espressotasse ab und räusperte sich belustigt. »Also wenn das der einzige Grund ist, weshalb du ihn nicht magst: Da kann ich dich beruhigen. Alessandros Familie hat gar nicht so viel Geld – nicht mehr. Die Armen sitzen auf einem ziemlich großen Berg Schulden. Nur der Adelstitel ist noch echt.«

Marie warf ihrem Onkel einen verdutzten Blick zu. Die Familien waren eng befreundet, er musste es wissen. »Oh! Das tut mir leid«, sagte sie.

Und auf einmal klingelten bei ihr die Alarmglocken. Wenn Alessandro Geldsorgen hatte, hatte er ein Motiv! Sollte er etwa ihren Ring gestohlen haben? Schnell beugte sich Marie zu Kim hinüber und bat sie, ihr den Brotkorb herüberzureichen. Die

Übergabe nutzte sie dazu, um ihr leise »Clubsitzung!« zuzuraunen.

Gleich nach dem Frühstück zogen sich die drei !!! in die Bibliothek des Palazzo zurück. »Ich weiß jetzt, wer meinen Ring gestohlen haben könnte«, flüsterte Marie aufgeregt. »Alessandro! Wir sind gestern Abend beim Tanzen ziemlich heftig zusammengestoßen.«
Kim nickte eifrig. »Ja, das hab ich mitbekommen. Ich hab mich schon gewundert, warum er plötzlich wie ein Stier auf euch zugerast ist.«
»Das war kein Zufall!«, sagte Marie grimmig. »Wahrscheinlich hat er die Situation absichtlich provoziert, um mir in dem Durcheinander danach den Ring zu klauen. Wir sollten uns die Homepage des Fotografen noch mal ganz genau ansehen.«
»Noch mal?« Franzi betrachtete Marie amüsiert. »Du warst also heute schon wegen Luca auf der Homepage? Ich hab's geahnt!«
Marie streckte ihren Oberkörper. »Kein Kommentar! Hier geht es um einen neuen Fall. Privates bleibt außen vor.«
»Das finde ich auch«, sagte Kim, die längst den Laptop hochgefahren hatte.

Zu dritt durchforsteten sie das umfangreiche Fotomaterial. »Da!«, rief Franzi. »Hier ist euer Zusammenstoß auf der Tanzfläche. Kann man das Foto vergrößern?«

»Bin schon dabei.« Kim zoomte Alessandro näher heran.

»Zu schade! Die Aufnahme ist nicht scharf genug und die Perspektive ziemlich ungünstig.«

Marie starrte auf Alessandros Arme, die mit ihren eigenen Armen einen komplizierten Knoten zu bilden schienen. Der Ring war durch Alessandros Ellbogen verdeckt. »Als Beweisfoto taugt es nichts«, stellte sie enttäuscht fest.

Franzi sah die Sache positiver. »Alles deutet darauf hin, dass Alessandro dir in diesem Moment den Ring vom Finger gezogen hat. Geldsorgen als Tatmotiv passt auch. Er ist ab sofort unser Hauptverdächtiger.«

»Neben den Taschendieben«, fügte Kim hinzu. »Die dürfen wir nicht vergessen. Auch wenn wir sie auf der Party nicht gesehen haben.«

Marie holte tief Luft. »Das heißt, wir haben einen neuen Fall! Dafür brauchen wir dringend Energie.« Ihre Freundinnen wussten natürlich sofort, dass Marie auf den Powerspruch anspielte.

Kim, Franzi und Marie standen auf und stellten sich im Kreis vor die Bücherwand. Feierlich streckten sie ihre Arme aus, legten die Hände übereinander und riefen im Chor: »Die drei !!!.«
Kim sagte: »Eins«, Franzi »Zwei« und Marie »Drei!«. Sie wollten gerade gleichzeitig die Hände in die Luft werfen und laut »Power!!!« rufen, als sich plötzlich Maries Handy meldete.

Fun Fact

Venedig ist im Wasser zu Hause. Die Stadt wurde auf mehr als 100 Inseln erbaut. Diese Inseln sind durch über 400 Brücken miteinander verbunden.

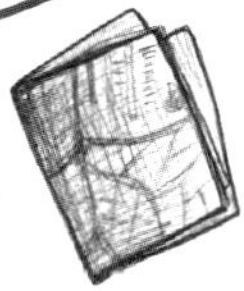

Marie lächelte entschuldigend. »Ich geh nicht ran.«
Die Detektivinnen fingen noch mal von vorne an. Sie sagten den Powerspruch extra laut auf. Als sie fertig waren, klingelte das Handy unbeirrt weiter.
»Ich glaube, ich geh jetzt doch ran«, sagte Marie. »Vielleicht ist es was Dringendes.« Ohne aufs Display zu sehen, legte sie ihr Handy ans Ohr. »Hallo, hier ist Marie.«

»*Ciao! Ecco, Luca!*«
Marie versuchte, den coolen italienischen Singsang hinzubekommen. »Ciao, Luca! Wie geht es dir?«
»Sehr gut«, antwortete Luca. »Und dir?«
Marie seufzte. »Puh! Mir ist was Schreckliches passiert. Irgendjemand hat gestern auf der Party meinen Ring geklaut. Ich weiß ...«
Mitten im Satz verstummte sie, weil sie Kims und Franzis Blicke auffing. Schock! Sie hatte gerade einen Riesenfehler begangen.

Kapitel 5

»Auf zum Lido!«

KIM

Im Labyrinth der Gassen

Detektivtagebuch von Kim Jülich
Freitag, 11:14 Uhr
Ich bin richtig, richtig sauer! Marie hat gegen die oberste Geheimhaltungsklausel unseres Clubs verstoßen. Wenn Franzi und ich sie nicht davon abgehalten hätten, hätte sie glatt auch noch verraten, wen wir als Täter in Verdacht haben. So was geht einfach nicht, da kann man noch so verknallt sein. Wenigstens hat Marie sofort Reue gezeigt, sich entschuldigt und uns hoch und heilig versprochen, dass so was nie wieder vorkommen wird.
Luca hat zum Glück total nett reagiert: Er hat angeboten, heute Nachmittag mit uns zum Polizeipräsidium zu gehen. Er kennt eines, das nicht weit von Micheles Palazzo entfernt liegt. Und er will uns als Dolmetscher helfen, damit wir eine Anzeige aufgeben können. Das Beste ist: Er kennt sogar einen der Polizisten dort persönlich, weil er selbst in der Nähe wohnt

und sein Boot mal geklaut wurde. Was für ein Glück, denn Kommissar Peters kann uns hier in Venedig wohl nicht weiterhelfen. Luca ist übrigens fest davon überzeugt, dass es sich beim Täter um einen oder mehrere Taschendiebe handelt. Trotzdem werden wir parallel und absolut geheim (!) weiterermitteln. Unsere zweite Spur (Alessandro) ist viel zu heiß.
Wir haben Luca das Versprechen abgenommen, niemandem von der Sache zu erzählen. Ich war anfangs skeptisch, ob wir Luca trauen können, und hab mich bei Michele unauffällig über ihn erkundigt. Michele hat Luca auf der Party zum ersten Mal gesehen, aber Luca ist mit Dario, einem guten Freund von ihm, gekommen. Michele kennt Dario schon ewig und legt für ihn die Hand ins Feuer. Das hat mich beruhigt.
Die nächsten Ermittlungsschritte liegen auf der Hand:
Wir werden mit Luca ins Polizeipräsidium gehen und anschließend zu dritt Alessandro beschatten. Marie muss den Verlobungsring ihrer Mutter wiederbekommen. Vorher reisen wir nicht ab!

Die drei !!! standen im Präsidium, einem karg eingerichteten Raum im Erdgeschoss eines grauen

Mietshauses. Luca und die beiden italienischen Polizisten diskutierten über ihre Köpfe hinweg. Sie redeten dermaßen schnell und laut, dass es unmöglich war, auch nur Bruchstücke zu verstehen.

Kim nutzte die Zeit, um sich die Personenbeschreibungen der Polizisten einzuprägen. Der Polizist, den Luca am Anfang mit einem herzlichen Händedruck begrüßt hatte, hieß Commissario Bertani, war Mitte dreißig und etwa 1,70 Meter groß. Unter seiner roten Kappe kringelten sich dunkle Locken, die ein rundes Gesicht mit Schnurrbart einrahmten. Die hellbraune Uniformjacke mit den roten Streifen auf den Schulterklappen spannte etwas über dem Bauch. Sein blonder Kollege, Agente Felice, war etwa gleich alt, aber einen Kopf größer und sehr schlank.

Plötzlich wurde die Tür aufgerissen und eine Friseurin schneite herein, mit Kamm und Föhn in der Hand. Energisch marschierte sie auf die Männer zu und fing an, sich über irgendetwas zu beschweren.

»*Stop! Alt!*« Luca machte eine Geste, dass sie draußen warten sollte, bis sie hereingerufen wurde. Aber die Friseurin dachte nicht daran. Jetzt klopfte sie sogar dem Commissario mit ihrem Kamm auf die Brust.

Der verzog unwillig das Gesicht und gab seinem Kollegen ein Zeichen. Agente Felice sprang auf, packte die Friseurin bei den Schultern und schob sie zur Tür hinaus. Bis zum Schluss wehrte sie sich heftig und beschimpfte den Agente.
Luca lächelte die drei !!! entschuldigend an. »Das war irgend so eine Verrückte aus dem Viertel. Die ist schon bekannt bei der Polizei.« Er drehte sich wieder zu den Beamten um und redete weiter.
Kurz darauf holte der Commissario ein Formular heraus und kritzelte einen Text darauf, den Luca ihm diktierte. Das musste die Anzeige sein. Anscheinend war die Sache kompliziert und würde länger dauern.
Marie sah sich inzwischen im Polizeipräsidium um. Die Einrichtung beschränkte sich auf einen Schreibtisch, zwei Stühle und eine vertrocknete Grünpflanze am Fenster. In einer Ecke stapelten sich Kartons, die vermutlich Aktenordner enthielten. Darüber hing ein kleines Foto.

Neugierig trat Marie näher. »Kim, Franzi, kommt her, das müsst ihr euch unbedingt ansehen!«
Kim schüttelte ungläubig den Kopf. »Das sind die Taschendiebe vom Vaporetto. Sie werden polizeilich gesucht.«

Franzi versuchte den Text unter dem Foto zu entziffern. »Ich wette, das ist ein Steckbrief der beiden. Das müssen wir Luca unbedingt sofort sagen.«
Die drei !!! unterbrachen das Gespräch zwischen Luca und dem Commissario. Luca hörte ihnen aufmerksam zu, ging auch zum Foto hinüber und übersetzte dem Commissario alles.
»*Sì, sì!*«, sagte Commissario Bertani erfreut. »*Grazie.*«
Marie holte eine Visitenkarte aus ihrer Handtasche. »*Numero* ... äh ... *telefono. Prego!*«
Der Commissario nahm die Visitenkarte und studierte interessiert den aufgedruckten Text.

Dann gab er die Karte an seinen Kollegen weiter, der sie mit einer Büroklammer an das Formular heftete. Luca sagte noch etwas, gab den Polizisten die Hand und bedankte sich.
»*Arrivederci!*«, wünschten die drei !!! und verließen zusammen mit Luca das Präsidium. Als sie wieder draußen auf der Gasse standen, platzten sie fast vor Neugier.
»Und, was haben die Polizisten gesagt? Sind sie den Taschendieben auf der Spur?«, wollte Kim wissen.
»Auf der Spur schon«, antwortete Luca. »Aber die Typen sind leider sehr clever. Sie sind der Polizei bereits mehrfach entwischt. Trotzdem war der Commissario natürlich dankbar für euren Hinweis.«
»Und was ist mit unserer Anzeige?«, erkundigte sich Marie.
Luca schenkte ihr ein strahlendes Lächeln. »Die habe ich in eurem Namen aufgegeben. Hat alles geklappt.« Doch auf einmal flog ein Schatten über sein hübsches Gesicht. »Nur haben die Polizisten mir wenig Hoffnung gemacht. Es gibt unglaublich viele Diebstähle in Venedig. Weit über die Hälfte werden niemals aufgeklärt.«
»Verstehe ...«, sagte Kim. Irgendwie hatte sie es

vorher schon geahnt, dass die Polizei überfordert sein würde.
Marie lächelte Luca an. »War total lieb von dir, uns zu helfen. Vielleicht können wir uns ja mal bei dir revanchieren.«
Luca lachte. »Ja, vielleicht. Ich suche übrigens gerade ziemlich dringend einen Ferienjob.«
»Ich weiß was!«, rief Marie. »Onkel Michele sucht Aushilfen in seiner Cateringfirma. Könntest du dir vorstellen, dort zu arbeiten?«
»Klar«, sagte Luca sofort.
Marie versprach, bei Michele ein gutes Wort für ihn einzulegen.
Luca bedankte sich herzlich. »Also dann, bis bald!« Er setzte seine Sonnenbrille auf, in der sich die glitzernden Wellen des Kanals spiegelten, und ging lässig davon.
Kaum war er um die Ecke gebogen, zog Marie ihr Handy heraus und schickte Onkel Michele eine Nachricht. Ein paar Sekunden später kam seine Antwort zurück:

Tolle Idee, Marie!
Luca kann gerne heute schon anfangen, wir haben so viele Aufträge wie noch nie.
Ciao, Michele

Marie schickte ihrem Onkel noch schnell Lucas Handynummer und steckte dann das Handy weg. »Es klappt! Ist das nicht genial?«

Kim und Franzi kicherten. »Genial, genial, Luca ist genial!«, summte Franzi mit einer spontan erfundenen Melodie vor sich hin.

»Du bist so was von albern!«, sagte Marie und wurde rot.

Kim wechselte das Thema: »Wir haben noch jede Menge Zeit bis zum Abendessen. Kommt, lasst uns Alessandro beschatten! Marie, du weißt doch bestimmt, wo er wohnt.«

»Ich? Wieso? Nein, seine Adresse hat er mir nicht gesagt«, antwortete Marie.

Kim machte ein entsetztes Gesicht. »Oh nein! Und wie finden wir die nun unauffällig raus?«

Während Marie und Kim angestrengt überlegten, grinste Franzi still in sich hinein. »Kein Problem! Alessandro ist heute Nachmittag sowieso nicht zu Hause.«

»Woher willst du das wissen?«, fragte Marie verdutzt. »Los, erzähl schon!«

Endlich rückte Franzi mit ihrem Wissen heraus: »Ich hab auf der Party zufällig gehört, wie Alessandro zu jemandem gesagt hat, dass er fast jedes

Wochenende am Lido verbringt, am Strand eines Hotels von Bekannten.« Den Namen des Hotels hatte sich Franzi auch gemerkt.
Kim pfiff bewundernd durch die Zähne. »Tolle Arbeit! Danke dir. Also – worauf warten wir noch? Auf zum Lido, dort fragen wir uns zum Hotel durch!«
Laut Kims Stadtplan war es leider ziemlich weit bis zur Anlegestelle, von der die kleineren Passagierschiffe, die Motoscafi, zum Lido fuhren.
Marie entdeckte eine Abkürzung über ein paar kleinere Gassen und Plätze. »So schaffen wir es in der Hälfte der Zeit«, versicherte sie.
Gut gelaunt brachen die drei !!! auf. Marie ging zielstrebig voran, Kim und Franzi folgten ihr. Zunächst achteten die beiden nicht auf die Namen der Gassen und Plätze. Aber irgendwann, als die Anlegestelle längst hätte auftauchen müssen, blieb Franzi ratlos vor einem Stoffgeschäft stehen. »Der Laden kommt mir bekannt vor und die Gasse auch. Hier waren wir schon mal!«

Marie drehte den Kopf mehrfach nach rechts und nach links. Dann gestand sie: »Ich glaube, wir haben uns verlaufen!«

Kapitel 6

»Das glaub ich jetzt nicht!«

MARIE

Beschattung am Lido

Die Gasse war eng, dunkel und menschenleer. Jemand hatte Wäscheleinen von einem Haus zum gegenüberliegenden gespannt. Die weißen Laken blähten sich im Wind und sahen aus wie Gespenster. Man konnte den Kanal nicht sehen, aber den modrigen Schlamm riechen. Kims Atem beschleunigte sich. »Wir müssen jetzt vor allem Ruhe bewahren«, sagte sie. Ihre Stimme hallte als heiseres Echo von den Hauswänden wider.

»Das ist das Wichtigste. Genau«, sagte Franzi betont forsch.

»Und jetzt?«, murmelte Marie unsicher.

»Lasst uns bis zum Ende der Gasse gehen«, schlug Franzi schließlich vor. »Vielleicht stoßen wir dort auf einen Platz, wo Leute sind, oder sehen endlich ein Schild, auf dem ein Straßenname steht.«

Beklommen machten sie sich auf den Weg. Allmählich wurde es heller. Der Platz, den sie kurz

darauf erreichten, lag friedlich in der Nachmittagssonne.
»Da vorne ist ein Maskenladen!«, rief Marie plötzlich. »Wisst ihr was? Da gehen wir rein und fragen nach der Anlegestelle.«
Ein silbernes Glöckchen klingelte, als Marie die Ladentür öffnete. Das Geschäft war sehr klein. An den Wänden hingen Fotos vom Karneval in Venedig. In den Regalen lagen venezianische Karnevalsmasken bunt nebeneinander: die weitverbreiteten Halbmasken, aber auch Harlekine, Columbinen, Teufels- und Tiermasken.

»*Buongiorno!*«, rief Marie in den Raum hinein. Dann erst entdeckte sie die Ladenbesitzerin hinter der Kasse. Sie war Ende fünfzig und trug knallrote Stöckelschuhe zum schwarzen Wickelkleid. Lächelnd erwiderte sie den Gruß.

Fun Fact

Wenn in Venedig Karneval gefeiert wird, ziehen die Menschen prunkvolle Kostüme an. Ihre Gesichter bedecken sie mit Masken. Es ist der älteste Karneval der Welt und wird seit über 900 Jahren gefeiert.

Fun Fact

Die Gesamtfläche Venedigs beträgt 414,6 km². Mehr als die Hälfte davon ist Wasser.

»*Scusi, motoscafo* … Lido …« Marie hielt der Besitzerin Kims Stadtplan hin und tippte auf die Anlegestelle. »Ihr kommt aus Deutschland, nicht wahr? Ein schönes Land! Und jetzt habt ihr euch verlaufen? Kein Problem! Das passiert vielen Touristen, selbst wenn sie schon öfter hier waren.« Bereitwillig erklärte sie ihnen, wo sie jetzt waren und wie sie zur Anlegestelle kamen.

Es stellte sich heraus, dass sie leider genau in die entgegengesetzte Richtung gelaufen waren. Marie beschloss, das nächste Mal lieber nicht Fremdenführerin in einer Stadt zu spielen, die sie nicht kannte.

»Vielen Dank«, sagte Franzi. »Sie haben uns sehr geholfen.« Die Besitzerin winkte ab. »Ist doch selbstverständlich. Kann ich sonst noch etwas für euch tun?«

Marie nickte. »Ich möchte eine Maske kaufen.« Sie zog eine weiße Halbmaske mit Goldverzierung aus dem Regal.

»Oh, von der Art habe ich noch viel schönere!«, sagte die Besitzerin. Sie breitete auf ihrem Ladentisch mehrere fantasievolle Masken aus, alle in liebevoller Handarbeit hergestellt.
Marie hatte die Qual der Wahl. Am Ende kaufte sie gleich drei Karnevalsmasken: eine goldene Halbmaske, eine Vogelmaske und eine mit violettem Federschmuck. Vielleicht konnten sie die Masken bei ihren Ermittlungen noch gebrauchen.
Die drei !!! verließen mit dem Karton den Laden. Dank der guten Wegbeschreibung kamen sie sicher und schnell ans Ziel.
Auf der Fahrt zum Lido ließ Marie sich vom Fahrtwind die Haare zerzausen und genoss die Weite des Meeres.
Das Hotel war leicht zu finden. Es lag zentral an der Strandpromenade und sah ziemlich vornehm aus.
»Lasst mich nur machen«, sagte Marie. Energisch ging sie durch die Drehtür.
In der Lobby herrschten Kühlschranktemperaturen. Genauso frostig war leider auch der Empfangschef an der Rezeption.
Marie ließ sich davon nicht beirren. »Wir sind verabredet«, behauptete sie. »Unser Cousin Alessandro erwartet uns am Strand.«

»Der Hotelstrand ist nur für Gäste zugänglich. Sie sind keine Gäste unseres Hauses, nehme ich an?« Der Empfangschef entfernte eine unsichtbare Staubfluse von seinem Anzug.
»Oh doch, das sind wir, unsere Eltern kommen gleich zum Einchecken«, versicherte Marie. »Wir würden gerne mit Alessandro eine kleine Erfrischung am Strand einnehmen und schon mal einen Blick in die Abendkarte des Restaurants werfen. Das Dinner hier soll ausgezeichnet sein, sagt Alessandro.«
»Die Abendkarte, sehr gerne!« Endlich taute der Empfangschef auf. Er machte eine knappe Verbeugung. »Wenn Sie mir bitte folgen möchten. Die Terrasse ist da drüben und von dort haben Sie direkten Zugang zum Strand.«
Kim und Franzi warfen Marie einen bewundernden Blick zu. Wieder einmal hatte sie es geschafft, ihnen sämtliche Türen zu öffnen.
Eine Viertelstunde später lagen die drei !!! auf bequemen Liegestühlen. Weiß-blaue Sonnenschirme schützten sie vor der prallen Sonne. Ein Ober brachte ihnen eisgekühlte Ananascocktails. Marie lehnte sich zurück und tat so, als würde sie eifrig die Speisekarte studieren. In Wirklichkeit hielt sie hinter ihrer

dunklen Sonnenbrille Ausschau nach Alessandro. Der Hotelstrand war ziemlich leer. Die Badesaison hatte noch nicht begonnen und einige Gäste hatten heute Terrasse und Pool dem Strand vorgezogen. Alessandro war leider weit und breit nicht zu sehen.

»Er kommt bestimmt noch«, sagte Franzi und spielte mit ihrem Strohhalm. »Wir müssen nur ein bisschen warten.«

Plötzlich hörten sie ein helles Lachen, gefolgt von einer näselnden Stimme: »Dort ist es schön, oder?«

»Ja, danke«, sagte das Mädchen mit dem hellen Lachen.

Ein junges Pärchen besetzte Liegestühle in der ersten Reihe. Beinahe hätte Marie Alessandro nicht erkannt, weil seine dunkelblonden Haare unter einer Kappe mit breitem Schirm versteckt waren. Doch die selbstverständliche Art, wie er sich bewegte, als ob ihm das Hotel inklusive Strand höchstpersönlich gehören würde, war natürlich typisch für ihn.

»Erzähl mir ein bisschen mehr von dir!«, sagte Alessandro. Der Wind wehte seine Worte in die Richtung von Kim, Franzi und Marie. »Bisher weiß ich nur, dass du Luisa heißt und aus Berlin kommst.«

Luisa verteilte sorgfältig Sonnencreme auf ihren Schultern und fing an, sehr schnell und sehr leise zu reden. Marie verstand zwar nicht, was sie sagte, konnte aber problemlos erschließen, dass die attraktive Deutsche reich war. Die goldenen Ohrringe und die dazu passende Halskette sahen teuer aus.

»Ich muss mich übrigens bei dir entschuldigen.« Alessandro machte ein zerknirschtes Gesicht. »Ich war am Anfang so distanziert zu dir, weil ich grundsätzlich misstrauisch bin. Viele Mädchen interessieren sich nämlich nur für mein Geld und meinen guten Namen. Ich will aber um meiner selbst willen geliebt werden.«

»Das glaub ich jetzt nicht«, murmelte Marie entrüstet. »Genau dasselbe hat er mir auch erzählt. Zum Glück bin ich auf seine miese Flirtmasche nicht reingefallen.«

Luisa kicherte amüsiert. Sie redete jetzt lauter. »Keine Sorge! Ich werde dich höchstens als Shoppingberater missbrauchen. Du musst mit mir in die Nobelboutiquen rund um San Marco gehen. Aber die Kreditkarte werde ich dann schon selbst zücken.«

Ein zufriedenes Lächeln huschte über Alessandros Gesicht. Wahrscheinlich überlegte er gerade, wie Luisas Schmuck am geschicktesten in seine Hosentasche wandern könnte.

»Komm, lass uns einen kleinen Strandspaziergang machen!«, schlug er vor. »Ich zeige dir meine Lieblingsbucht.«

Luisa stand auf und streifte ihre Glitzersandalen ab. »Gute Idee!«

Barfuß schlenderte das Paar durch den feinen Sandstrand zum Wasser. Bald waren sie hinter den vielen Sonnenschirmen verschwunden.

Kim drehte sich unauffällig zur Hotelterrasse um. Von den Angestellten war niemand zu sehen. »Die Luft ist rein«, raunte sie Marie und Franzi zu.

Gleichzeitig erhoben sich die Detektivinnen von ihren Liegestühlen und liefen zu Alessandros Platz hinüber. Er hatte sein weißes Leinenjackett nachlässig über die Lehne geworfen. Die Strandtasche lag daneben.

Marie strich sich die langen Haare über die Schulter. »Hilfst du mir?«, fragte sie Kim laut. »Du kannst immer so einen tollen Pferdeschwanz binden.«

»Klar«, sagte Kim. Sie stellte sich mit Marie so hin, dass von der Terrasse aus niemand Franzis geheime Aktion beobachten konnte.

Routiniert untersuchte Franzi zuerst Alessandros Jackett und anschließend die Strandtasche. Im Jackett fand sie eine Packung Kaugummis. In der Tasche waren ein Handtuch, ein italienischer Krimi, Deo und Sonnencreme. Kein Gegenstand, der verdächtig klimperte, nichts Wertvolles und leider auch nicht Maries Opalring.

»Fehlanzeige, Rückzug«, flüsterte Franzi.

Und schon hatte Kim Maries Pferdeschwanz fertig gebunden. Die drei !!! liefen zu ihren Liegestühlen und packten rasch ihre Sachen zusammen. Bisher hatte Alessandro sie nicht entdeckt, aber sie wollten das Risiko nicht eingehen, dass er sie nach seiner Rückkehr doch noch bemerkte.

Rasch gingen sie zurück in die Lobby. Marie gab lächelnd die Speisekarte zurück und sagte zum Empfangschef: »Hervorragendes Menü, besonders die Weinbegleitung! Wir werden morgen einen Tisch reservieren. Auf Wiedersehen!«

»Auf Wiedersehen, die Damen!«, sagte der Empfangschef und verabschiedete sich formvollendet.

Hocherhobenen Hauptes verließen Kim, Franzi und Marie das Hotel und fingen erst draußen an zu rennen. Sie erreichten gerade noch rechtzeitig ein Motoscafo, das im Begriff war abzulegen, und gingen atemlos an Bord.

»Ich hab den Ring nicht gefunden«, berichtete Franzi. »Das wäre aber auch zu schön gewesen.«

Marie versuchte sich ihre Enttäuschung nicht anmerken zu lassen. »An seiner Stelle hätte ich so ein wertvolles Beutestück aber auch nicht an den Strand mitgenommen. Wahrscheinlich hat er den Ring bei sich zu Hause versteckt.«

»Oder womöglich schon verkauft«, fügte Kim stirnrunzelnd hinzu. »Was wir natürlich nicht hoffen ...«

Marie stützte sich mit den Ellenbogen auf der Reling ab und starrte auf die Möwen, die im Windschatten des Bootes mitflogen. Es sah so leicht aus, wie sie ihre Schwingen ausbreiteten und darauf vertrauten, dass sie von der Luftströmung getragen wurden.

»Auf jeden Fall hat Alessandro sich noch verdächtiger gemacht«, sagte Marie. »Luisa scheint sein nächstes Opfer zu sein. Wir müssen sie warnen. Und wir müssen herausfinden, wo Alessandro wohnt.«

5. Markusturm

Er wird auch Campanile (deutsch: »Glockenturm«) genannt und ist das Wahrzeichen von Venedig. Heute begrüßt er die Touristen, früher die heimkehrenden Seefahrer. 1902 stürzte der Turm ein und wurde bis 1912 wieder aufgebaut. Von oben hat man einen herrlichen Ausblick.

»Ich freu mich schon darauf, sein Zimmer zu durchsuchen!«, sagte Franzi und beugte sich nach vorne. Backbord voraus war der Campanile zu sehen und neben ihm die höchste der fünf Kuppeln der Markuskirche. Verheißungsvoll glänzte sie in der Abendsonne und grüßte die drei !!! wie alte Bekannte.

Kapitel 7

»Tiramisu!«

KIM

Venedig bei Nacht

Marie schlüpfte in ein hellblaues Hemdblusenkleid, schlang sich eine Muschelkette um den Hals und zog ihre neuen dunkelblauen Ballerinas an. Dann ging sie hinunter ins Esszimmer. Schon von Weitem hörte sie Onkel Micheles tiefe Stimme. Er machte anscheinend eine lustige Bemerkung, denn Kim und Franzi kicherten ungehemmt los.

»Darf ich auch mitlachen?«, fragte Marie. Sie steuerte auf ihren Stuhl zu, blieb jedoch mitten im Raum abrupt stehen.

»Na, was sagst du zu unserem Überraschungsgast?«, fragte Tante Florentine. »Michele hat ihn spontan eingeladen.«

»Hallo, Luca! Schön, dass du da bist.« Maries Herz machte Luftsprünge. Luca sah so cool aus mit seiner schwarzen Lederjacke.

Er zwinkerte ihr zu. »Danke! Das mit dem Ferienjob vergesse ich dir nie.«

»Gerne«, murmelte Marie. Um Luca nicht dauernd anzusehen, häufte sie sich reichlich Spaghetti auf den Teller.
Onkel Michele brachte mit dem Messer sein Weinglas zum Klingen. »Lasst uns auf Luca anstoßen! Er hat uns heute Nachmittag gerettet. Wenn er nicht in der Cateringfirma eingesprungen wäre, hätten wir die Aufträge nie geschafft.« Tante Florentine und Onkel Michele hoben ihre Weingläser. Die drei !!! prosteten Luca mit ihren Saftgläsern zu.
Luca wurde ein bisschen verlegen. »Ich muss mich bedanken, dass Sie mir gleich einen Ferienjob angeboten haben.«
».... dass *du* mir einen Ferienjob angeboten hast«, verbesserte Onkel Michele. »Sag bitte du zu uns! Das war gar keine Frage. Du hast so tüchtig mit angepackt. In den nächsten zwei Wochen wollen wir auf gar keinen Fall auf dich verzichten.«
Marie wurde schwindelig vor Freude. Erst gestern hatte sie sich noch sehnlich gewünscht, Luca möglichst oft zu sehen. Und gleich heute ging ihr Wunsch in Erfüllung!
Nach der Pasta gab es Kalbsleber mit Zwiebeln und Ofenkartoffeln mit frischen Rosmarinzweigen. Es war ein rundum schöner Abend. Luca und Onkel

Michele lachten viel und erzählten lustige Geschichten aus Venedig.
»Ach, und wie geht es eigentlich Dario?«, erkundigte sich Michele, während er Luca den Brotkorb reichte.
Luca nahm sich ein Stück Baguette. »Äh ... wem?«
»Dario Testa«, antwortete Onkel Michele. »Meinem Freund, mit dem du zu unserer Party gekommen bist.«
»Ach so, ja, gut ...« Luca nuschelte, weil er noch etwas Baguette im Mund hatte. »Die Party war übrigens super.« Sein Blick wanderte hinüber zu Marie, während er leise eine Tangomelodie summte.
Tante Florentine verkündete: »Für alle, die nicht satt geworden sind, gibt es jetzt ein kleines Dolce – ein Dessert.«
Onkel Michele rückte seinen Stuhl nach hinten. »Entschuldigt mich bitte! Ich muss vor dem Dessert schnell runter ins Erdgeschoss. Was furchtbar langweiliges Geschäftliches.« Er seufzte. »Dauert nicht lange.«
Als er verschwunden war, bot Kim Tante Florentine an, ihr in der Küche zu helfen.
»Wir kommen auch gerne mit«, sagte Franzi, die sich bei all den Prachträumen im Palazzo in die

bescheidene Wohnküche verliebt hatte. Die fand sie total gemütlich.
Luca stand jetzt auch auf und fragte nach der Toilette.
»Ein Stockwerk höher«, sagte Tante Florentine. »Die zweite Tür links.«
Die drei !!! begleiteten Maries Tante in die Küche. Dort holte sie eine große Glasschale aus dem Kühlschrank. Unter der Klarsichtfolie schimmerte eine dünne Schicht Kakao.
»Tiramisu!«, rief Kim begeistert.
»Marie, wärst du so lieb und würdest die grünen Glasschalen aus der Vitrine im Flur holen?«, fragte Tante Florentine.
»Natürlich!« Marie ging hinaus. Die grünen Schalen standen neben Sektkelchen aus fein geschliffenem rotem Glas, die vermutlich von der berühmten Glasmacherinsel Murano stammten.
Marie zählte die Schalen ab. Da hörte sie etwas. Ein Geräusch auf der Treppe. Tastende Schritte hinunter ins Erdgeschoss von jemandem, der versuchte, so leise wie möglich zu sein. Marie hielt den Atem an und lauschte. Wer war das? Onkel Michele? Nein, der trat immer sehr laut auf. Vielleicht jemand von den Angestellten aus der Cateringfirma? Aber die waren doch

6. Murano

Die Inselgruppe Murano liegt nordöstlich der Altstadt in der Lagune von Venedig. Sie ist für ihre lange Tradition der Glasherstellung bekannt. Im Glasmuseum erfährt man etwas über die Geschichte der Glaskunst. Dort gibt es auch vor Ort hergestellte Souvenirs.

sicher längst nach Hause gegangen.

Plötzlich schoss Marie ein bedrohlicher Gedanke durch den Kopf: Hatte Alessandro sich Zutritt zum Palazzo verschafft? Hoffte er, hier noch mehr Schmuck zu finden als nur den Opalring?

Marie straffte ihren Körper. Die Ballerinas waren perfekt, Marie konnte sich auf ihnen wie eine Katze anschleichen. Lautlos näherte sie sich der Treppe, trat nacheinander auf die ersten beiden Stufen – und zuckte zusammen.

»Aaaah!«

Jemand hatte einen halb unterdrückten Schmerzensschrei von sich gegeben. Marie sprintete los. Auf den unteren Stufen der Treppe lag jemand, mit dem Kopf nach unten und den Beinen nach oben. Die Jacke der Person war verrutscht. Die linke Hand

verschwand unter dem schlaffen Ärmel. Der Junge mit den schwarzen Haaren bewegte sich nicht. Luca! Marie erschrak. »Hast du dich verletzt?«
Luca richtete sich stöhnend auf, berührte sein Knie und presste die Lippen aufeinander. »Diese verflixte Stufe! Ich hab sie im Dunkeln nicht gesehen und bin gestolpert.«
»Du Armer!« Marie setzte sich neben Luca. Seine Hose war am Knie aufgerissen. Unter dem kreisrunden Loch war die Haut aufgeschürft. Eine Stelle blutete.
»Kommt alle her! Luca hat sich verletzt!«, rief Marie. Sofort stürzten alle ins Treppenhaus.
Luca war das Ganze sichtlich peinlich. Er wollte aufstehen, aber Tante Florentine drückte ihn sanft wieder nach unten.
»Schön langsam! Bleib erst mal ruhig sitzen.«
»Ich hole Verbandszeug«, sagte Onkel Michele.
»Und ich ein Glas Wasser«, sagte Kim.
»Es geht schon wieder«, sagte Luca. »Seht mich nicht so erschrocken an.«
Alle kümmerten sich liebevoll um Luca. Onkel Michele sprühte Desinfektionsspray auf die Wunde und klebte ein Pflaster aufs Knie. Luca trank gehorsam ein paar Schlucke Wasser und bedankte sich bei allen.

Schließlich organisierte Tante Florentine noch eine alte Hose ihres Mannes. »Du kannst sie so lange behalten, wie du möchtest.« Jetzt erlaubte sie Luca auch aufzustehen.

Er wirkte ein bisschen wackelig auf den Beinen. Marie half ihm, wieder richtig in seine Lederjacke hineinzuschlüpfen. Dabei rutschte ein rundlicher Gegenstand aus seiner Jacke. Eine Kamera, wie Marie wegen der gepolsterten Aufbewahrungstasche vermutete. »Hoffentlich funktioniert sie noch«, sagte sie. »Du solltest sie am besten gleich testen.«

Luca schob die Kamera schnell zurück in seine Jacke. »Danke. Das mache ich sofort, wenn ich zu Hause bin.« Er humpelte ein wenig, lief aber, ohne zwischendurch eine Pause einzulegen, die Treppen hoch und verschwand im Badezimmer.

Nach dem überstandenen Schreck tat es allen gut, wieder im Esszimmer am Tisch zu sitzen und das leckere Tiramisu zu essen. Luca bekam von Onkel Michele einen extrastarken, doppelten Espresso vorgesetzt, den er in einem einzigen Zug hinunterkippte.

»Vielen Dank für das wunderbare Essen«, sagte er danach. »Ich glaube, ich gehe jetzt nach Hause. Morgen muss ich früh aufstehen. Mein neuer Chef soll sehr streng sein, da darf ich nicht zu spät kommen.«

Onkel Michele stutzte kurz, dann stimmte er ein dröhnendes Lachen an. »Uuuh! Gut, dass ich deinem schrecklichen Chef noch nie begegnet bin. Also dann, ciao, Luca!«
Tante Florentine wünschte Luca gute Besserung. Kim und Franzi sagten auch »Ciao!« und Marie stand rasch auf. »Ich begleite dich noch zur Tür.«
»Danke«, sagte Luca nur. Seine leuchtenden Augen sagten viel mehr als das.

Marie und Luca traten in die kühle Nacht hinaus. So überfüllt Venedig tagsüber war, so ruhig war es jetzt. Schweigend gingen sie ein Stück am Kanal entlang. Überall in den Häusern brannte Licht, das sich sanft flackernd im dunklen Wasser spiegelte. Vor einer Brücke blieb Luca stehen und sah Marie tief in die Augen.
»Ich muss es dir endlich sagen«, brach es aus ihm heraus.
»Was denn?«, fragte Marie beunruhigt.
Luca holte tief Luft. »Ich hab mich in dich verliebt, Marie! Ich weiß, das klingt verrückt, weil wir uns erst zwei Tage kennen. Aber ich habe das Gefühl, wir kennen uns schon viel, viel länger.« Er machte eine kurze Pause. »Sehen wir uns morgen?«
»Ja«, antwortete Marie. »Ja!«

Luca flüsterte zärtlich: »Ciao!«, und Marie schwebte wie auf Wolken zurück zum Palazzo.
Leise schlüpfte sie ins Haus. Tante Florentine und Onkel Michele hatten sich bereits in ihr Schlafzimmer zurückgezogen. Kim und Franzi lagen zwar auch schon in den Betten, aber sie waren noch wach und wollten natürlich unbedingt wissen, was passiert war.
Marie warf sich mit Kleid und Schuhen aufs Bett. »Was passiert ist? Venedig ist die Stadt der Liebe, oder? Mehr verrate ich nicht.«
»Ich wusste es!«, rief Franzi begeistert. »Gleich am ersten Abend, als ihr zusammen Tango getanzt habt. Ich hab dich noch nie so verliebt gesehen.«

Marie wurde rot.
»Wie schön für dich.« Kim zögerte. »Aber ist das alles nicht ein bisschen schnell gegangen? Sei vorsichtig, du kennst Luca doch noch gar nicht richtig.«
»Na und?«, sagte Marie, warf ihre langen Haare über die Schulter und verschwand im Bad.

Kapitel 8

»Soll ich für die Signorine singen? *O sole mio?*«

GONDOLIERE

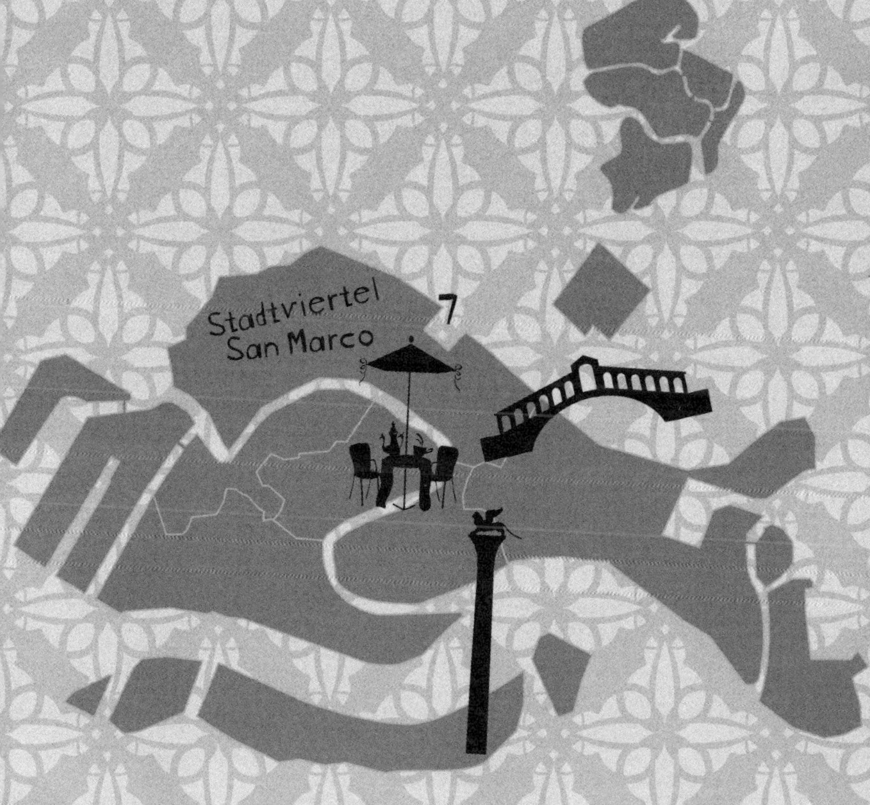

Befragung im Museum

Zum Samstagsfrühstück gab es für Kim und Franzi frische Croissants. Für Marie gab es Luft und Liebe. Heute Nachmittag würde sie mit Luca durch die Gassen rund um San Marco bummeln. Sie konnte es kaum erwarten, sich nach der Hausdurchsuchung bei Alessandro mit einem Date zu belohnen.
Tante Florentine riss Marie mit begeistertem Händeklatschen aus ihren Träumen. »Wisst ihr, was wir heute Vormittag machen? Ich zeige euch zwei großartige Museen: zuerst die Gemäldesammlung Gallerie dell'Accademia. Dort hängen berühmte Werke von Tizian, Tintoretto und Veronese. Und danach lassen wir uns von der modernen Kunst des Guggenheim-Museums inspirieren. Na, was haltet ihr davon?«
Jetzt waren die Detektivinnen in der Zwickmühle. Entweder mussten sie ihr Detektivgeheimnis um den gestohlenen Ring lüften oder den Vorschlag von Maries Tante annehmen.

»Wie lange wird denn das dauern?«, fragte Franzi vorsichtig. »Sind wir den ganzen Tag unterwegs?«
»Nein, nein!« Tante Florentine lachte. »Die Museen sind beide in unserem Stadtviertel. Zur Gemäldesammlung ist es nur ein Katzensprung. Spätestens mittags sind wir wieder hier.«

»Super«, sagte Kim. »Am Nachmittag wollten wir nämlich alleine losziehen und Alessandro besuchen.«
Onkel Michele tauchte hinter seiner Zeitung auf. »Da wird er sich bestimmt freuen. Soll ich euch schnell die Adresse raussuchen?« Er stand auf und kramte in einer Schublade des Küchenschranks. Tante Florentine bereitete inzwischen am Herd heißen Kakao für die drei !!! zu.
Marie nutzte die Gelegenheit, um Kim

7. San Marco

Im Stadtviertel San Marco liegt das »goldene Dreieck«: die Touristenmeile zwischen Accademia im Westen, Rialtobrücke im Norden und Markusplatz im Süden. Jenseits des belebten Markusplatzes findet man schöne Palazzi, romantische Kanäle und ein Labyrinth aus verwinkelten Gassen.

und Franzi zuzuflüstern: »Nachmittags kann ich nicht. Da bin ich mit Luca verabredet.«
Franzi flüsterte genervt zurück: »Dann musst du das Treffen eben verschieben.«
»Niemals!«, zischte Marie.
Kim kam nicht mehr dazu, einen Vermittlungsversuch zwischen ihren Freundinnen zu starten, weil Tante Florentine die heiße Schokolade brachte. Sie roch köstlich nach Vanille, war aber viel dickflüssiger als der *Kakao Spezial*, den die Detektivinnen immer zu Hause im *Café Lomo* tranken.
Marie löffelte wütend die heiße Schokolade in sich hinein. Sie würde das Date garantiert nicht verschieben! Und auf einmal fiel ihr die Lösung ein: Wenn sie nur ein Museum besuchten, reichte die Zeit am Vormittag locker auch noch für die Hausdurchsuchung. Marie hatte auch schon eine Idee, wie sie Tante Florentines Bildungsprogramm verkürzen konnte.
»Na also! Da ist ja die Adresse«, sagte Onkel Michele. Er schrieb den Straßennamen aus seinem Adressbuch ab und gab Kim den Zettel. »Aber bleibt nicht zu lange bei Alessandro. Um fünf Uhr fängt nämlich die Generalprobe zur Regatta an. Die solltet ihr euch nicht entgehen lassen.«

»Eine Regatta! Wie heißt die noch mal?«, fragte Franzi.
»Die Ruderer proben für die morgige Festa della Sensa«, erzählte Onkel Michele. »Ein Cousin von mir ist auch dabei.«
»Meinst du, ich könnte dann auch mal kurz ans Ruder?« Franzi hatte schon seit ihrer Ankunft in Venedig Hummeln im Hintern. Ihr tägliches Sportprogramm fehlte ihr total.
Onkel Michele zwinkerte ihr zu. »Abwarten! Mal sehen, was ich machen kann.«

Sobald Tante Florentine die Gallerie dell'Accademia betreten hatte, verfiel sie in Zeitlupentempo. Völlig fasziniert stand sie jetzt schon zehn Minuten vor einem Gewölbe mit schimmerndem Goldmosaik. Das Mosaik war wunderschön, keine Frage. Trotzdem wurde Marie immer nervöser. Wenn sie in dem Tempo weitermachten, wären sie erst abends mit den insgesamt zwölf Sälen fertig.
»Ich glaube, Tizian ruft!« Marie gab Kim und Franzi hektische Zeichen. »Wir gehen schon mal vor. Okay?«
»Okay«, wiederholte Tante Florentine. Es klang wie ein Mantra aus einer anderen Dimension.

Die drei !!! betraten den Raum mit den berühmtesten Gemälden. Dort war der Touristenandrang am größten. Besonders vor Tizians Pietà, dem verstorbenen Christus, drängten sich die Besucher. Den Detektivinnen war das Motiv zu düster. Sie wollten sich lieber das Abendmahl von Paolo Veronese ansehen. Landsknechte, Narren und Hunde tummelten sich auf dem farbenfrohen, riesigen Gemälde.
Kim fing an zu kichern. »Die Narren da vorne erinnern mich an meine Brüder. Die haben auch ständig Unsinn im Kopf. Und was gefällt dir am besten, Marie?«
»Gar nichts«, antwortete Marie mechanisch, weil hinter ihr plötzlich ein helles Lachen zu hören war. Ein Lachen, das sie kannte.
Marie drehte sich um und sah das Mädchen vom Lido. Heute trug sie kein Strandkleid, sondern Jeans und eine weiße Bluse, aber es war eindeutig Luisa!
»Was soll das heißen, dir gefällt gar nichts?« Kim wirkte leicht verärgert.
Marie gab ihr und Franzi einen verstohlenen Wink.
»Seht mal!«, flüsterte Franzi aufgeregt. »Da, an ihrer linken Hand.«
Marie kniff die Augen zusammen. Aus der Entfernung waren Details schwer zu erkennen, aber dann

blitzte etwas auf. Ein grüner Ring, der dem Opal verblüffend ähnelte. So stark ähnelte, dass es kein Zufall sein konnte. Das war ihr Ring!
Hatte Alessandro Luisa etwa den gestohlenen Ring geschenkt? Oder war sie womöglich seine Komplizin?
Marie warf einen Blick auf den Museumsplan. »Die knöpfen wir uns vor«, raunte sie Kim und Franzi leise zu. »Geheimverhör im Kreuzgang!«
Die drei !!! bewegten sich wie Schlangen durch den Saal. Unbemerkt umzingelten sie Luisa, packten sie an den Armen und drängten sie zum Ausgang.
»Was soll das?«, wehrte sich Luisa. Sie suchte nach Unterstützung bei den umstehenden Touristen, aber das waren Japaner, die weder ihre Worte noch ihre Gesten verstanden.

»Wir müssen was Wichtiges mit dir besprechen«, sagte Franzi.
Luisa starrte die Detektivinnen feindselig an. »Aua! Ihr tut mir weh.«
Kim lockerte ihren Griff etwas, ohne dem Mädchen eine Fluchtmöglichkeit zu verschaffen. Sie erreichten den Kreuzgang. Hier waren nur wenige Besucher unterwegs.
»Also, was wollt ihr mit mir besprechen?«, fragte Luisa misstrauisch. »Kennen wir uns eigentlich?«

Marie zuckte mit den Achseln. »Flüchtig. Aber darum geht es jetzt nicht. Zeig uns deinen Ring!«
Luisa schüttelte die Arme der Detektivinnen ab und verbarg beide Hände hinter ihrem Rücken. »Seid ihr Diebe, oder was? Wollt ihr mich beklauen?«
»Wir glauben, dass es genau andersherum ist«, sagte Kim ruhig. »Du hast uns beklaut, besser gesagt Marie. Du trägst nämlich ihren Opalring.«
Luisa schnappte nach Luft. Dann prustete sie los. »Ein Opal? Alles klar, träumt weiter. Hier, überzeugt euch selbst: echter Modeschmuck!« Damit hielt sie Marie die linke Hand unter die Nase. »Und, seid ihr jetzt zufrieden?«
Marie starrte auf den Ring. Er schimmerte grün, das stimmte. Aber es war ein grelles Grün ohne raffinierte Marmorierung. Luisa hatte die Wahrheit gesagt. Sie trug einen Modeschmuckring.
»Entschuldige bitte!«, sagte Kim. »Wir waren uns ganz sicher.«
»Maries Ring wurde wirklich geklaut«, erklärte Franzi. »Wir sind Detektivinnen und suchen jetzt den Dieb. Sag mal, ist Alessandro zufällig auch hier?«
Luisas dunkle Augen wurden groß und rund. Plötzlich rollten zwei Tränen über ihre Wangen. Und danach kamen immer mehr Tränen.

»Was ist denn los?« Marie holte eine Packung Papiertaschentücher aus ihrer Handtasche.
Luisa fischte ein Taschentuch heraus. Es dauerte eine Weile, bis sie sprechen konnte. »Alessandro ... er ist ... nicht hier. Er will nichts mehr von mir wissen. Gestern am Lido hat er ein anderes Mädchen getroffen und mich einfach stehen gelassen.«
»Was???« Kim konnte sich das überhaupt nicht vorstellen. Alessandro hatte so einen verliebten Eindruck gemacht. Aber genauso hatte er auch einen Tag zuvor beim Tangotanzen mit Marie gewirkt. Und er war vermutlich ein Dieb. Also konnte man ihm grundsätzlich nicht trauen.
»Und warum hat er dich einfach stehen gelassen?«, hakte Franzi nach.
Luisa stopfte das Taschentuch in ihre Hosentasche. »Sie war irgend so eine superreiche Tochter, kam mit Bodyguard an den Strand. Und schon war Alessandro hin und weg von ihr.«
Kim legte Luisa mitfühlend die Hand auf die Schulter. »So einem Typen darfst du keine einzige Träne nachweinen. Der hat dich sowieso nicht verdient.«
»Ich weiß«, schniefte Luisa.
Marie war ziemlich durcheinander nach all der Aufregung. Eine entscheidende Frage musste sie Luisa

noch stellen. »Hat Alessandro dir etwas gestohlen? Vermisst du ein Schmuckstück, das du am Lido getragen hast? Oder eine Uhr?«

Luisa schüttelte traurig den Kopf. »Nein, Alessandro hat nur mein Herz gestohlen. Das reicht.«

»Danke, dass du so offen zu uns warst«, sagte Franzi.

Da vibrierte Maries Handy. »Nein, Tante Florentine, wir haben uns nicht im Museum verlaufen! Ja, wir kommen zum Museumsshop. Bis gleich.«

Fun Fact

Man wird nicht über Nacht Gondoliere. Erst nach einem Kurs und über 400 Trainingsstunden kann man eine Lizenz erwerben.

Sich einmal in Venedig zu verlaufen, hatte Marie gereicht. Diesmal wollte sie auf Nummer sicher gehen und spendierte eine Fahrt mit der Gondel. Sie suchte sich den nettesten Gondoliere aus und fragte Kim und Franzi: »Darf ich bitten?«

»Sehr gerne!«, antwortete Kim.

Kichernd stiegen die Detektivinnen in die wackelige Gondel und quetschten sich zu dritt nebeneinander auf die mit rotem Samt bezogene Bank. Es war genauso, wie Marie es sich vorgestellt hatte. Nur die Sonne und der blaue Himmel fehlten. Stattdessen stieg feuchte Kälte aus dem Kanal auf. Die drei !!! zogen ihre Jacken an.

»Soll ich für die Signorine singen? *O sole mio*?«, fragte der Gondoliere.

Marie sagte entschieden: »*No, grazie!*« Tante Florentine hatte die Mädchen gewarnt, dass Gesangseinlagen extra berechnet wurden.

Der Gondoliere war ein wenig beleidigt und fing gelangweilt an zu rudern. Während sie mit der Gondel gleichmäßig durchs Wasser glitten, lehnte Marie sich zurück und massierte mit den Fingerspitzen ihre Stirn.

»Hast du immer noch Kopfschmerzen?«, erkundigte sich Kim besorgt.

Marie nickte. »Hmm … schon. Ist nicht so schlimm.« Sie machte ein leidendes Gesicht und schämte sich ein bisschen dafür. Normalerweise log sie Kim und Franzi nicht an, aber diesmal hatte sie zu einer Notlüge greifen müssen. Sie hatte es für Luca getan. Sonst wären sie jetzt mit Tante Florentine im Guggenheim-Museum und nicht auf dem Weg zu Alessandro.

Die Gondel bog in den Canal Grande ein. Sie fuhren unter der Rialtobrücke durch und passierten die Ca' d'Oro, einen wunderschönen Palast aus elfenbeinfarbenem Marmor, der früher teilweise vergoldet gewesen war. Kurz darauf bogen sie einmal links und zweimal rechts ab und dann waren sie am Ziel.

Der Gondoliere wiederholte die Adresse, die Marie ihm gegeben hatte, und nannte den Fahrpreis. Der war zwar hoch, aber zum Glück nicht unverschämt. Marie bezahlte und die drei !!! stiegen aus der Gondel.

Sie standen vor einem vornehmen Palazzo, der doppelt so groß war wie der von Michele. Die Fassade war aufwendig verziert und trug in der Mitte eine Steintafel mit einem Löwen, dem Wappentier Venedigs. Als Marie klingelte, machte niemand auf,

aber im Inneren des Palazzo hörte man verdächtiges Rumpeln und laute Männerstimmen.
»Lasst es uns auf der anderen Seite versuchen«, schlug Kim vor. In ihrem Reiseführer hatte sie gelesen, dass die Häuser in Venedig sowohl über den Wasserweg als auch über den Landweg zu erreichen waren.
Auf der Rückseite des Palazzo standen mehrere Sackkarren, die mit Umzugskartons beladen waren. Zwei Männer einer Umzugsfirma wuchteten gerade einen weiteren Karton auf eine Sackkarre. Neben ihnen stand ein älteres Ehepaar, das mit sorgenvollem Gesichtsausdruck die Arbeiten überwachte.

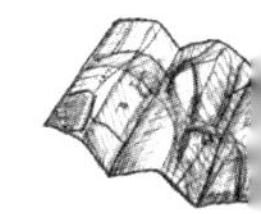

»*Scusi!*«, sagte Franzi zu dem Ehepaar. »Entschuldigen Sie bitte! Können wir mit Alessandro sprechen?«
Die beiden sahen sie verständnislos an. Franzi wollte gerade ihre Frage wiederholen, als plötzlich Alessandro aus dem Haus kam. Er trug ein paar Golfschläger über der Schulter und ließ einen davon fallen, als er die drei !!! entdeckte.
»Wir würden gerne kurz mit dir reden«, sagte Marie.
»Ich hab jetzt keine Zeit. Ihr seht ja, wir ziehen um.«

Alessandro war blass und hatte Ringe unter den Augen. Er wirkte seltsam geknickt.
»Wo zieht ihr denn hin?«, erkundigte sich Kim höflich.
»Nach Mestre«, sagte Alessandro mit rauer Stimme. Er warf seinen Eltern einen Blick zu. »Jetzt ist es auch egal, wir sehen uns ja sowieso nie wieder. Also, wenn ihr es genau wissen wollt: Wir können uns den teuren Familien-Palazzo in Venedigs Altstadt nicht mehr leisten. Wir sind pleite.«
»Oh, das ... das tut mir leid«, sagte Marie. Es tat ihr wirklich weh, Alessandro so zu sehen.
Alessandro gab die Golfschläger einem der Umzugsleute. Dabei machte er mit seinen Händen seltsame Verrenkungen. »Mir tut es auch leid«, murmelte er. Sein Gesicht wurde rot, als er Marie in die Augen sah. »Tja, ich wollte so gerne, dass du mich für einen reichen, adligen Sohn hältst. Das hab ich allen Mädchen erzählt, die ich in letzter Zeit getroffen habe. Dadurch hab ich mich besser gefühlt, stärker irgendwie.« Er schnaufte. »Blödsinnige Idee!«
Die drei !!! schwiegen verlegen.
Dann räusperte sich Franzi. »Wir müssen dich noch etwas Wichtiges fragen. Marie wurde ein Ring

gestohlen, auf der Party bei ihrer Tante. Jemand hat ihn ihr an dem Abend heimlich vom Finger gezogen. Wir haben mitbekommen, wie du auf der Tanzfläche mit Luca und Marie zusammengestoßen bist. Es gibt sogar ein Foto von diesem Moment.«

Alessandro starrte Franzi ungläubig an. »Und jetzt denkt ihr, ich war der Dieb?« Er lachte kurz und schüttelte dann den Kopf. »Ich war es nicht. Ich wäre zu so was gar nicht in der Lage.« Er streckte seine Hände aus. Sie waren sehr schmal und knochig und sie zitterten leicht. »Ich hab kein Gefühl in den Fingern. Sie fühlen sich taub an, seit ich vor einem Jahr einen Unfall hatte.«

Auf einmal fiel Marie wieder ein, wie Alessandro eben die Golfschläger festgehalten und wie er auf der Party das Wasserglas umklammert hatte. Und sie hatte gedacht, er würde extra vornehm tun! Sie hatte es natürlich nicht wissen können. Trotzdem schämte sie sich jetzt. »Das tut mir leid«, sagte sie wieder, als plötzlich ihr Handy klingelte. »Wir müssen leider los, Alessandro. Alles Gute!«

Die drei !!! verabschiedeten sich und liefen die Gasse hinunter in Richtung Canal Grande.

Marie stellte auf laut, damit Kim und Franzi mithören konnten. »Ciao, Luca! Wie geht's?«

Luca sagte nicht mal Hallo. Er fing sofort an zu reden und Marie lauschte gebannt seiner gehetzt klingenden Stimme.

»Nein! Das gibt's nicht, Luca! Die Polizei ist den Taschendieben auf der Spur?«

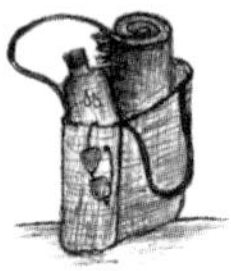

Kapitel 9

»Kommissar Peters würde so was nie tun.«

FRANZI

Ein heißer Tipp

»Ja!«, rief Luca. »Stell dir vor, Commissario Bertani hat einen konkreten Hinweis bekommen. Heute Mittag, angeblich so gegen 13 Uhr, werden die Taschendiebe versuchen, deinen Ring und andere Beutestücke zu verkaufen. In einem Schmuckgeschäft auf der Inselgruppe Murano.« Luca nannte atemlos die Adresse des Ladens und beschrieb haarklein den Weg. Geistesgegenwärtig zückte Kim Notizblock und Bleistift und schrieb eifrig mit.

Marie bedankte sich bei Luca für die Info. »Wir treffen uns am Tatort, bis gleich!« Dann legte sie auf.

In dem Moment begannen die Glocken einer Kirche zu schlagen: viermal kurz und zwölfmal lang. Es war genau 12 Uhr.

Franzi stöhnte. »Wenn wir das schaffen wollen, müssen wir fliegen!«

»Unser Privathelikopter wird leider gerade repariert«, sagte Marie und sah sich um. »Da vorne sind Bootstaxis. Kommt!«

Die drei !!! stiegen in ein schnittiges Motorboot. Der Fahrer strahlte, als er erfuhr, dass sie nach Murano wollten und es eilig hatten. Knatternd ließ er den Motor an und brauste los. Die Detektivinnen kamen sich vor wie James Bond. Trotz Wolkenhimmel setzten sie ihre Sonnenbrillen auf. Das Wasser spritzte, der Fahrtwind peitschte ihre Gesichter.

»Vorne rechts seht ihr die Friedhofsinsel San Michele«, erklärte ihnen der Taxifahrer. »Und links in der Ferne tauchen schon die Berge auf.«

»Ja, sehr interessant«, antwortete Kim höflich.

Die drei !!! hatten jetzt keinen Sinn für die Schönheiten der Lagune. Sie mussten dringend die aktuelle Lage besprechen.

8. San Michele

Die Insel zwischen Venedig und Murano heißt San Michele. Hier befindet sich der Friedhof von Venedig. Die schöne Kirche San Michele in Isola stammt aus der Renaissance. Vom ehemaligen Kloster ist noch der Kreuzgang erhalten.

»Luca ist wirklich unglaublich!«, sagte Marie. »Wenn wir ihn nicht hätten, würden wir bei unserem Fall immer noch im Trüben fischen.« Sie war so stolz auf ihren Freund.

Kim nickte. »Er ist sehr hilfsbereit. Ein echter Venezianer!«

Franzi hielt mit beiden Händen ihre Kappe fest, damit der Wind sie nicht davonblies. »Ein bisschen ungewöhnlich ist es schon, dass die Polizei Luca so bereitwillig Informationen weitergegeben hat, findet ihr nicht? Kommissar Peters würde so etwas nie tun.«

»Das stimmt«, sagte Marie nachdenklich. »Aber er ist auch ein besonders korrekter Polizist. Außerdem scheint es in Italien wesentlich lockerer zuzugehen. Denkt nur an unseren Besuch im Präsidium, an das Chaos im Büro mit den vielen Kartons.«

Franzi, die selbst nicht gerade ordentlich war, grinste. »Wie heißt es so schön: Nur ein Genie beherrscht das Chaos! Und Commissario Bertani ist wohl tatsächlich ein ziemlich genialer Ermittler. Das hat Luca ja erzählt. Er kennt ihn sehr gut.«

»Genau«, bekräftigte Marie. »Das erklärt auch, warum der Commissario ihn ins Vertrauen gezogen hat.«

Kim hatte ihren Freundinnen nur mit halbem Ohr zugehört. »Was machen wir eigentlich, wenn wir beim Schmuckgeschäft angekommen sind? Spazieren wir da einfach rein?«
Franzi schüttelte den Kopf. »Natürlich nicht! Wir suchen uns auf der Straße ein Versteck und warten erst mal ab.«
Kim und Marie gefiel die Idee. Den Rest der Fahrt schwiegen sie und jeder versuchte auf seine Weise, mit der Aufregung und Anspannung klarzukommen.
Schon seit einer Weile hatte der Taxifahrer die Geschwindigkeit heruntergefahren. Jetzt tuckerte das Motorboot auf den Anleger zu. »Die Glasinsel Murano«, verkündete der Fahrer. »Dann wünsche ich euch viel Spaß bei den Glasmachern.«
»Danke«, sagte Marie. Die Detektivinnen ließen ihn in dem Glauben, dass sie als Touristen die Insel besuchten.
Lucas Wegbeschreibung war perfekt. Die drei !!! folgten der Straße, ohne einen Blick in die Schaufenster mit den hübschen Glaswaren zu werfen. Sie gingen am schwimmenden Obst- und Gemüsemarkt vorbei und an vielen bunten kleinen Häusern. Nach zwei Abzweigungen überquerten sie eine Brücke.

Elf Minuten und sieben Sekunden vor eins hatten sie ihr Ziel erreicht: einen Platz mit edlen Boutiquen für Kunden mit besonderen Wünschen. Der Schmuckladen war klein, aber fein. In der Auslage lagen auf dunkelblauen Kissen funkelnde Halsketten, Armbänder und Ringe. Die Detektivinnen scannten zuerst die Umgebung. Keine Spur von den Taschendieben. Luca war auch noch nicht da. Und von der Polizei war niemand zu sehen. Vielleicht hatten sich die Polizisten aber auch bereits in einem der Nachbarhäuser verschanzt.

Fun Fact

Die Altstadt zählt 300 Stein-, 63 Eisen- und 75 Holzbrücken. Die berühmteste und älteste ist die Rialtobrücke.

Kim zeigte auf einen Mauervorsprung gegenüber dem Schmuckladen. Schnell huschten sie hinüber und duckten sich hinter die Mauer. Dabei schreckten sie eine Katze auf, die dort ihren Mittagsschlaf hielt.
»Sch, sch!«, machte Marie. Mit einem empörten »Miau!« stolzierte die Katze davon.
Die drei !!! warteten. Hinter einer Wolke blinzelte die Sonne hervor. Eine niederländische Touristengruppe schlenderte vorbei. Und dann tauchten zwei Männer auf, die so gar nicht ins Bild der feinen Gegend passten: ein pockennarbiger Typ und ein bulliger Mann mit Glatze – die Täter! Ihre dunkelbraunen Schnürstiefel knallten auf dem Kopfsteinpflaster. Zielstrebig gingen die Verdächtigen auf das Schmuckgeschäft zu und verschwanden darin.
Kim, Franzi und Marie zählten leise bis zehn. Dann verließen sie ihr Versteck und folgten den Taschendieben. Franzi blockierte mit der Hand die Ladenglocke über der Eingangstür. Geräuschlos betraten sie den Laden, dessen Wände mit Holzbrettern verkleidet waren. Drei große Vitrinen in einer Art U-Form dominierten den Raum. Hinter einer davon stand der Besitzer, ein kleiner Mann mit golden umrandeter Brille, dunklem Anzug

und rosafarbenem Hemd. Er hatte die Detektivinnen nicht bemerkt und redete mit den Taschendieben.
Der Mann mit der Glatze holte aus seiner Jacke einen Beutel, legte ihn auf die obere Glasplatte der Vitrine und sagte etwas auf Italienisch. Der Besitzer nahm eine Lupe in die Hand und beugte sich interessiert nach vorne. Aus dem Beutel kam ein Opalring zum Vorschein. Maries Ring, diesmal gab es keinen Zweifel! Die drei !!! mussten handeln. Sie konnten nicht auf die Polizei warten. Blitzschnell tauchten sie aus dem Hintergrund des Ladens auf und sprinteten zur Vitrine.
»*Stop! This ring is mine*«, sagte Marie. »*They are thieves!*«
Die Taschendiebe rissen die Köpfe herum und starrten Marie fassungslos an. Der Schmuckhändler war zunächst überfordert. Unsicher sah er abwechselnd die Ladendiebe und die drei !!! an.
»*No!*«, protestierte der Mann mit den Pockennarben. Er stopfte den Ring zurück in den Beutel und ließ ihn in seiner Hosentasche verschwinden.
Die Taschendiebe kamen drohend auf Kim, Franzi und Marie zu. Von zwei Seiten drängten sie die Detektivinnen in die hintere Ecke des Ladens. Beide

hatten ihre Fäuste erhoben. Immer näher kamen sie mit ihren massigen Körpern. Dann fasste einer der Männer an seine Jackentasche. Marie erstarrte. Hatte er etwa eine Pistole in der Jacke?
Der Ladenbesitzer hatte die Handbewegung auch gesehen. Seine Kinnlade klappte nach unten. Dann begann er leise vor sich hin zu wimmern.
Marie ahnte, dass er ihnen nicht helfen konnte. Trotzdem wollte sie um Hilfe rufen, nach der Polizei oder nach irgendeinem Passanten. Sie brachte keinen Ton heraus. Ihre Kehle war wie zugeschnürt und ihre Brust zu eng, um genügend Luft zu bekommen. Die drei !!! mussten zum Gegenangriff übergehen, aber Marie wusste nicht, wie. Die Taschendiebe ließen ihnen keinen Raum, sich auch nur einen Millimeter zu bewegen.
Das wollte Franzi sich nicht gefallen lassen. Sie ging in die Knie und bereitete sich vor, um sich blitzschnell auf den Boden zu rollen und unter den Männern durchzutauchen. Sie spannte ihre Beinmuskeln an. Sie war bereit.
Plötzlich wurde die Ladentür aufgerissen. Luca stürmte wie ein Wirbelwind herein. Mit einem Blick erfasste er die Situation, fuhr beide Ellbogen aus und stieß die Taschendiebe zur Seite.

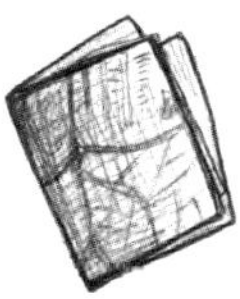

Die Männer strauchelten. Es entstand eine kleine Lücke. Groß genug, dass Kim, Franzi und Marie hindurchschlüpfen konnten. Sobald sie aus den Fängen der Diebe entkommen waren, legte Luca schützend die Arme um sie und brachte sie ins Hinterzimmer des Schmuckladens. Da es keine Tür gab, verbarrikadierte Luca den Zugang mit einem Brett, das neben dem Türrahmen stand.

»Seid ihr okay? Alles in Ordnung?«, fragte er.

Kim, die am ganzen Körper zitterte, nickte. »Ja ... schon ... pass auf, sie hauen ab!«

»Ciao!«, rief der bullige Mann mit der Glatze. Der andere winkte frech. Die Taschendiebe rissen die Ladentür auf und rannten hinaus auf den Platz.

Franzi stöhnte. »Los, hinterher!« Sie versuchte, mit einem Satz über das Brett zu springen, aber es war viel zu hoch angebracht und klemmte.

Kim, Marie und Luca rüttelten mit vereinten Kräften daran. Kostbare Sekunden verstrichen. Als das Brett endlich knirschend nachgab und der Weg frei gewesen wäre, war es zu spät. Die Detektivinnen ersparten sich eine Verfolgungsjagd, die von vornherein zum Scheitern verurteilt war.

»Das können wir vergessen«, seufzte Franzi. »Die Typen sind längst über alle Berge.«

»Das fürchte ich auch«, sagte Kim. »Haben Sie die Männer schon mal gesehen?«, fragte sie den Besitzer des Ladens, der immer noch verschreckt in der Ecke stand. »*Have you seen them before?*«
Der Besitzer wischte sich mit einem Stofftaschentuch die Schweißperlen von der Stirn. »*No*, nein, leider nicht.«
Marie spürte, wie die Panik langsam nachließ. Sie bedankte sich lächelnd bei Luca: »Du hast uns gerettet! Du bist unser Held.« Aber auf einmal war sie nur noch verzweifelt. »Mein Ring!«, flüsterte sie. »Ich werde ihn nie zurückbekommen. Die Typen verkaufen ihn irgendwo auf dem Festland und dann ist er weg, für immer.«
Luca nahm sie fest in seine Arme. »Meine süße Marie! Die Taschendiebe werden weitermachen und noch einen Fehler begehen. Dann schlägt die Polizei zu. Sie werden deinen Ring wiederfinden, ganz bestimmt.«
Marie wollte Luca so gerne glauben, aber die Chance war so unglaublich winzig. Es gab einfach zu viele Taschendiebe in Venedig.
»Apropos Polizei.« Kim sah sich suchend im Schmuckladen um. »Warum ist die eigentlich nicht aufgetaucht?«

Luca zuckte bedauernd mit den Schultern. »Commissario Bertani konnte leider nicht kommen. Er hat mir noch kurz vorher eine Nachricht geschickt. Er musste zu einem Großeinsatz.«
Marie löste sich aus Lucas Armen. »Pech gehabt«, murmelte sie. »Wir haben einfach Pech gehabt.« Dann musste sie weinen.

Kapitel 10

»Murano ist so wunderschön.«

KIM

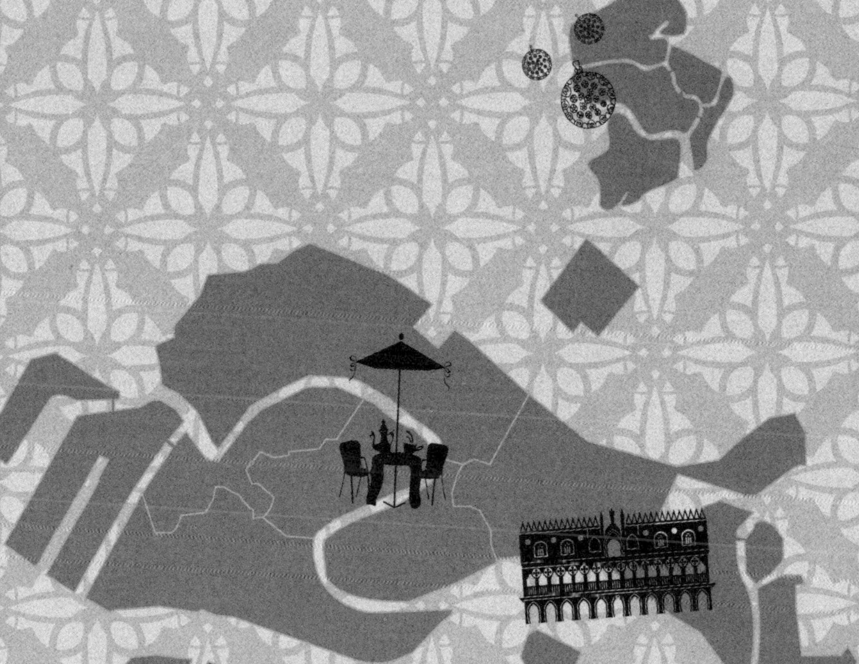

Franzi am Ruder

Detektivtagebuch von Kim Jülich
Samstag, 15:02 Uhr
Ich verstehe die Welt nicht mehr. Wir waren so nah dran. Von wegen! Erst fiel Alessandro, unser Hauptverdächtiger, weg und gleich danach passierte die Katastrophe im Schmuckladen. Plötzlich standen wir wieder vor dem Nichts.
Ich weiß, Luca kann nichts dafür, er wollte uns bloß retten. Aber vielleicht hätte er einfach noch ein bisschen warten müssen, dann hätten wir es geschafft, uns selbst zu verteidigen und den Taschendieben den Ring abzunehmen. Franzi war doch schon am Start mit ihrer genialen Bodenrolle.
Es ist zum Heulen! Murano ist so wunderschön. Trotzdem werde ich die Insel in Zukunft immer mit unserer Niederlage verbinden. Es war schrecklich, danach nach Hause zurückzufahren. Auf dem Vaporetto konnten wir uns gegenseitig kaum in die Augen sehen,

so niedergeschlagen waren wir. Luca hat noch ein paar Mal versucht, Marie zu trösten. Es ist ihm nicht wirklich geglückt. Kein Wunder. An Maries Stelle wäre ich auch am Boden zerstört. Beim Palazzo haben wir uns dann von Luca verabschiedet. Er musste zurück zu seinem Ferienjob. Und wir sind noch mal losgezogen, um Mitbringsel zu kaufen. Wir mussten uns wenigstens ein bisschen ablenken.
Die Zeit arbeitet gegen uns. Morgen Nachmittag reisen wir schon ab. Wird dies unser erster ungelöster Fall sein? Unser erster Misserfolg? Nein, wird es nicht! Bei der Generalprobe für die morgige Regatta haben wir gute Chancen, dass die Taschendiebe noch mal auftauchen. Da wird jede Menge los sein, also die perfekte Gelegenheit für die Männer, Beute zu machen. Und für uns die perfekte Gelegenheit, den Dieben eine Falle zu stellen!

Das Wetter meinte es gut mit den Ruderern. Am späten Nachmittag setzte sich die Sonne endgültig durch und vergoldete die Sandstrände am Lido.
Onkel Michele war aufgekratzt wie ein kleiner Junge. Er hatte extra eine der begehrten Sommerhütten reserviert, damit die ganze Familie in der ersten Reihe sitzen und die Ruderer aus nächster Nähe

beobachten konnte. Luca hatte er auch spontan eingeladen mitzukommen, er gehörte inzwischen fast schon zur Familie. Gemeinsam stellten sie Klappstühle auf.

Nach und nach fanden sich die Ruderer am Strand ein. Ihre Boote waren bereits festlich mit dunkelroten Flaggen geschmückt, auf denen das Wappentier Venedigs, der Löwe, abgebildet war.

Kim steckte ihre Nase in den Reiseführer. »Hier steht leider nicht wirklich viel zur Festa della Sensa. Was feiern die Venezianer morgen eigentlich genau?«

»Das Fest erinnert an zwei Ereignisse«, erzählte Tante Florentine, die heute einen hübschen Strohhut mit weiß-rotem Band trug. »Zum einen an den Sieg des Dogen Pietro II. Orseolo über die dalmatinischen Piraten vom 9. Mai 1000. Damit konnte Venedig seine Herrschaft in der oberen Adria zum ersten Mal durchsetzen. Zum anderen feiern die Venezianer den Frieden von Venedig im Jahr 1177. Papst Alexander III. und Friedrich Barbarossa trafen sich dazu mit dem Dogen Sebastiano Ziani.«

Onkel Michele gab seiner Frau einen Kuss auf die Stirn. »Das hast du sehr schön erklärt, meine liebe Venezianerin.«

Fun Fact

Seit 1562 sind alle Gondeln in Venedig schwarz. Das hat der Doge Gerolamo Priuli so verordnet. Er wollte verhindern, dass die Bürger mit ihrem Reichtum angeben.

Tante Florentine lächelte. »Danke für das nette Kompliment, mein Schatz!«

Onkel Michele wusste natürlich noch mehr Details: »Am Höhepunkt des Festes wirft der Bürgermeister – damals war es der Doge – einen geweihten, goldenen Ring ins Wasser. Er wird von Ruderern in historischen Kostümen begleitet. Damit wird symbolisch die Vermählung Venedigs mit dem Meer besiegelt. Danach macht der Umzug an der Kirche San Nicolò auf dem Lido halt. Hier wird die heilige Messe zelebriert. Und zum Abschluss gibt es einen Trödelmarkt vor der Kirche und die Gondelregatta, für die heute geprobt wird.«

Plötzlich sprang Onkel Michele auf, lief zu einem jungen Mann hin und umarmte ihn freudestrahlend. »Ciao, Francesco!« Arm in Arm mit Francesco kehrte er zu den anderen zurück. »Darf ich euch vorstellen? Das ist mein Lieblingscousin!«

Francesco hatte einen Kopf voller Locken und beeindruckende Muskeln an den Oberarmen. »*Ciao, belle!*«, sagte er und rieb sich gut gelaunt die Hände. »Wir haben fleißig trainiert. Heute und morgen können wir endlich zeigen, was wir draufhaben.«
»Hier ist übrigens eine talentierte Nachwuchsruderin«, sagte Onkel Michele. »Franzi würde gerne kurz mit aufs Boot. Geht das?«
Francesco grinste. »Klar, kein Problem. Komm!«
»Danke!« Franzi konnte ihr Glück erst gar nicht fassen. Freudestrahlend folgte sie Francesco. Die Mannschaft begrüßte sie mit großem Hallo und gab ihr eine Schwimmweste. Vor dem offiziellen Start der Generalprobe durfte Franzi sogar selbst ans Ruder. Sie machte ihre Sache so gut, dass die Mannschaft begeistert applaudierte.
Dann blies der Trainer in seine Trillerpfeife. Damit forderte er alle Teilnehmer auf, sich startklar zu machen. Ein paar Polizisten, die den ungestörten Ablauf der Proberegatta überwachten, drängten die Zuschauer zurück vom Ufer. Franzi musste das Boot leider wieder verlassen.
»Mann, war das toll!«, erzählte sie.
Ein zweiter Pfiff ertönte. Jetzt ging es los! Die Ruderer schoben mit vereinten Kräften ihre Boote ins

Wasser, sprangen hinein und ruderten sofort los. Die Zuschauer am Ufer, vor allem Freunde und Verwandte der Sportler, feuerten ihre Lieblingsmannschaft an.

»Francesco! Francesco!«, riefen Kim, Franzi und Marie im Chor.

Onkel Micheles Cousin hatte sich mit seiner Mannschaft an die Spitze vorgearbeitet. Eine Weile konnte man die Boote noch gut sehen. Doch sie entfernten sich sehr schnell und waren bald nur noch als kleine bunte Bälle auf dem Wasser zu sehen. Die Zuschauer blieben trotzdem noch am Lido und diskutierten über die Favoriten der morgigen Regatta.

Marie wurde plötzlich wehmütig. Morgen war ihr letzter Tag in Venedig! Am frühen Abend startete der Shuttlebus zum Flughafen auf dem Festland. Mit dem Nachtzug wären sie sonst zu spät zur Schule gekommen.

Marie sah Luca traurig an. Der fragte gerade Onkel Michele und Tante Florentine nach ihrer Hochzeit. »Ihr wart wirklich nur zu zweit? Und nach der Gondelfahrt und der Kirche wart ihr in einem kleinen Restaurant? Hört sich richtig romantisch an. Sagt mal, wann genau habt ihr noch mal geheiratet?«

»Am 20. März«, sagte Onkel Michele. »Ich hab doch bei der Party in meiner Rede erzählt, dass ich unseren Hochzeitstag garantiert nie vergessen kann, weil er mit dem Frühlingsanfang zusammenfällt.«

Luca grinste. »Ja, jetzt erinnere ich mich wieder. Ich wollte es nur wissen, damit ich euch zu eurem ersten Hochzeitstag was schenken kann. Als Dankeschön, weil ihr mir den tollen Ferienjob verschafft habt.«

»Das ist wirklich nicht nötig«, wehrte Tante Florentine ab.

»Doch, doch!«, widersprach Luca. »Und wenn wir schon dabei sind: Wann habt ihr beiden Geburtstag?«

Onkel Michele sah seine Frau zärtlich an. »Wir sind im selben Jahr geboren: 1970. Mein Geburtstag ist am 27. Mai und Florentines am 18. Oktober.«

»Zwillinge und Waage«, fügte Tante Florentine kichernd hinzu. »Die zwei Sternzeichen harmonieren perfekt miteinander. Falls man an Horoskope glaubt!«

Kim hielt inzwischen Ausschau nach den Taschendieben. Unter den Zuschauern waren sie leider nicht und die Reihen lichteten sich bereits. Gemächlich schlenderten die Leute an den Sommerhütten vorbei. Kim kämpfte gegen ihre Enttäuschung an. Wahrscheinlich waren die Taschendiebe längst über alle Berge. Und selbst wenn sie noch hier sein sollten: Am Lido wäre ihnen heute Nachmittag bestimmt zu viel Polizei unterwegs. Das würde sie davon abhalten zu stehlen.

Plötzlich stutzte Kim. Die Polizisten hier sahen irgendwie anders aus als Commissario Bertani und Agente Felice. Ihre Kappen waren dunkelblau statt rot und ihre Uniformjacken ebenfalls dunkelblau und nicht hellbraun. Außerdem hatten sie weiße Gürtel umgebunden, die beim Kommissar und seinem Kollegen komplett gefehlt hatten.

»Die Polizisten hier tragen ja ganz andere Uniformen!«, sagte Kim zu Luca.

»Wie? Was meinst du?« Luca hatte gerade noch Onkel Michele zugehört. Als Kim auf die Polizisten zeigte, nickte er.

»Ach so! Ja, bei uns in Italien gibt es viele verschiedene Uniformen. Das hängt ganz vom jeweiligen Bereich ab, in dem die Polizisten arbeiten.«

An dieser Stelle mischte sich Onkel Michele ein. »Nein, das stimmt so nicht ganz. Dunkelblau ist die Standardfarbe bei unserer Polizei. Nur manchmal kombinieren die Polizeibeamten graue Hosen dazu.«

»Du hast recht, Michele, wie immer!« Luca fuhr sich mit einer lässigen Bewegung durch die schwarzen Haare. Dann warf er einen Blick auf seine Armbanduhr. »Was, schon so spät? Es gibt noch so viel zu tun. Ich fahr schon mal vor. Bis später, *cara mia!*« Er gab Marie einen flüchtigen Kuss auf die Wange und verabschiedete sich schnell von allen.
»Warte doch!«, sagte Onkel Michele. »Meine Leute machen jetzt sowieso Pause und legen erst wieder nach dem Abendessen eine Spätschicht ein.«
»Ich kann leider trotzdem nicht länger bleiben.« Luca hob bedauernd die Schultern. »Ich muss noch was Wichtiges erledigen.« Und schon war er weg.
»Der hatte es aber auf einmal eilig«, wunderte sich Kim.

Kapitel 11

»Das ist eine Harlekin-Maske.«

MARIE

Böse Überraschung

Marie war müde am Ende dieses langen Tages. Auf der Heimfahrt im Motoscafo musste sie mehrmals gähnen. Kim, Franzi und Tante Florentine wirkten auch ziemlich erschöpft.

Nur Onkel Michele war immer noch total aufgekratzt. »Ich bin so stolz auf unseren Francesco!«

»Ich hätte Francesco so gerne heute zum Abendessen bei uns gehabt«, sagte Tante Florentine, »aber seine Familie hat ein Überraschungsfest für ihn geplant.«

»Dafür ist Dario heute unser Gast«, tröstete Onkel Michele seine Frau. Er zog den Schlüssel aus seiner Tasche und öffnete die Haustür des Palazzo. »Also ich weiß nicht, wie es euch geht, aber ich habe einen Bärenhun...« Er vergaß, den Satz zu beenden, und blieb wie angewurzelt im Flur stehen.

»Was hast du denn, Liebling?«, fragte Tante Florentine verwundert. Dann schlug sie entsetzt die Hände vors Gesicht.

Die drei !!! ahnten nichts Gutes. Schnell folgten sie den Erwachsenen in den Flur. Was für ein Schock! Die Tür zur Cateringfirma stand sperrangelweit offen. Auf dem Boden lagen wild verstreut Küchengeräte, zerbrochene Teller und Papiere, die von verschüttetem Kaffee durchweicht waren.
»Einbrecher!«, flüsterte Marie. Ein Luftzug streifte ihren Nacken. Hastig drehte sie sich um, aber da war niemand. Keine Schritte hinter ihr und im ganzen Palazzo war kein Laut zu hören.

Fun Fact

Zu welchem Land gehört Venedig? Natürlich zu Italien! Aber die Holzstämme für das Fundament der Häuser stammen aus Kroatien.

Tante Florentine griff nach Onkel Micheles Hand. »Wie ... wie konnte das bloß passieren? Wir haben doch überall abgeschlossen. Hast du nicht vorhin noch alle Türen kontrolliert?«
Onkel Michele nickte grimmig. »Ja, das habe ich! Warte, ich seh mir noch mal kurz die Haustür an, vielleicht wurde sie ja aufgebrochen.« Er ging zurück und untersuchte das Schloss. »Das gibt's nicht! Man sieht überhaupt nichts.«
»Darf ich?« Kim zog aus ihrem Rucksack eine Lupe. Konzentriert beugte sie sich über das Schloss und kam zum selben Ergebnis wie Onkel Michele. »Keine Kratzer, keine Einbruchspuren. Der Einbrecher muss einen Schlüssel gehabt haben.«
»Wer hat außer euch beiden einen Schlüssel zum Palazzo?«, hakte Franzi sofort nach.
Tante Florentine überlegte. »Niemand! Nicht mal die Putzfrau. Einer von uns ist immer da, wenn sie kommt.«
Die drei !!! sahen sich ratlos an. Hatte der Dieb Michele oder Florentine den Schlüssel aus der Jacke geklaut?
Onkel Michele hatte jetzt erst mal andere Sorgen. »Leute, ich fürchte, wir müssen das Haus von oben bis unten durchkämmen, um herauszufinden, was

gestohlen wurde.« Energisch krempelte er die Hemdsärmel hoch.

»Wir helfen euch natürlich«, bot Marie an.

Sie brauchten lange, um alle Räume zu kontrollieren. Am Ende der Suche waren sie noch ratloser als vorher. Der Dieb hatte jede Menge Chaos angerichtet. Seltsamerweise hatte er weder Antiquitäten noch sonstige Wertgegenstände gestohlen.

»Das Einzige, was ich vermisse, ist unser Stammbuch«, sagte Tante Florentine. »Gestern stand es noch im Regal im Wohnzimmer.«

»Das Stammbuch?« Kim konnte sich nicht erklären, warum ein Dieb ausgerechnet daran Interesse haben sollte. So ein Buch war doch nur für die Familienmitglieder von persönlichem Wert.

»Wollt ihr die Polizei anrufen?«, fragte Marie.

Onkel Michele und Tante Florentine zögerten. Dann schüttelten sie gleichzeitig die Köpfe.

»Nein, lieber nicht«, sagte Onkel Michele. »Die machen hier nur viel Wirbel und bringen alles noch mehr durcheinander. Und finden werden sie auch nichts.«

Franzi sah die beiden fragend an. »Dürfen wir dann nach Spuren suchen? Vielleicht entdecken wir ja etwas.«

»Ja, warum nicht?«, sagte Tante Florentine. »Ihr seid wirklich clevere Mädchen. Danke für eure Hilfe!«
Onkel Michele hatte auch nichts dagegen einzuwenden. Das Ehepaar zog sich in die Küche zurück, um gemeinsam das Abendessen vorzubereiten, da Dario und Luca schon in einer Stunde vorbeikommen würden.
Die drei !!! holten aus dem Gästezimmer ihre Detektivausrüstung und machten sich mit Gummihand-

Fun Fact

In Venedig findet man die schmalste Straße der Welt. Sie ist nur 53cm breit, liegt im Stadtteil Cannaregio und heißt Calle Varisco.

schuhen, Lupen, Pinzetten und Taschenlampen an die Arbeit. Sie teilten sich die Räume auf und landeten schließlich gemeinsam im Wohnzimmer.
»Hier ist was!«, rief Franzi plötzlich. Sie bückte sich und hob eine Maske vom Boden auf, die halb unter das Sofa gerutscht war.
Schnell rannten Kim und Marie zu ihr hin. »Das ist eine Harlekin-Maske«, flüsterte Marie aufgeregt. »Die müssen wir meiner Tante zeigen.«
Tante Florentine und Onkel Michele hatten die grün-weiße Maske mit dem lachenden roten Mund noch nie gesehen. Kim zog daraus die einzig logische Schlussfolgerung. »Das bedeutet, der Einbrecher muss sie verloren haben! Jetzt haben wir wenigstens ein Indiz.«
Die drei !!! verstauten die Harlekin-Maske sorgfältig in einem Plastikbeutel, stellten sie als Beweisstück sicher und trugen sie hinauf ins Gästezimmer. Als sie wieder herunterkamen, stand Dario bereits mit einem Glas Rotwein in der Hand in der Küche.
Marie erkannte den breitschultrigen, etwa fünfzigjährigen Mann mit Vollbart sofort wieder. Auf der Party hatte er den ganzen Abend getanzt. »Wo ist Luca?«, fragte sie ihn. »Ich dachte, Sie hätten ihn gleich mitgebracht.«

Dario zog seine buschigen Augenbrauen hoch. »Luca?«
Die Antwort ging im übrigen Geräuschpegel unter, da Onkel Michele ziemlich laut lachte. Marie runzelte die Stirn. Vielleicht hatte Dario den Namen falsch verstanden. Natürlich kannte er Luca.
Alle gingen ins Esszimmer hinüber und Tante Florentine trug eine Terrine mit italienischer Gemüsesuppe auf.
Marie schöpfte sich gedankenverloren Suppe in ihren Teller. Wo steckte Luca bloß? Sonst kam er doch immer extra pünktlich. Kaum hatte sie das gedacht, klingelte es an der Tür.
»Ich geh schon!«, rief Marie. Sie sprintete ins Treppenhaus, rannte hinunter zur Haustür und flog Luca in die Arme.
Er drückte sie zärtlich an sich und flüsterte in ihr Ohr: »Entschuldige! Es ging nicht früher.« Zu zweit kehrten sie zurück ins Esszimmer.
»Hallo, da bist du ja endlich, Luca!«, sagte Onkel Michele. »Herzlich willkommen.«
Dario erhob sich von seinem Platz und gab Luca höflich die Hand. »Guten Abend! Freut mich, Sie kennenzulernen.«
»Kennenzulernen?« Onkel Michele sah irritiert

zwischen Luca und Dario hin und her. »Aber ihr kennt euch doch längst. Sehr gut sogar. Ihr seid doch gemeinsam zu unserer Party gekommen!«

Jetzt war Dario ziemlich irritiert. »Äh ... ich bin allein da gewesen.«

Alle Augen richteten sich fragend auf Luca. Der räusperte sich verlegen, lachte kurz und sagte dann: »Das ist ein Missverständnis! Ich bin mit Francesco zur Party gekommen. Mit deinem Cousin, Michele, erinnerst du dich nicht mehr?«

Onkel Michele kratzte sich am Kinn. »Leider nicht. Ha! Da hat mir doch glatt mein Gedächtnis einen Streich gespielt. Aber nun ist ja alles klar.«

»Setz dich, Luca«, sagte Tante Florentine. »Du bist bestimmt hungrig.«

Den restlichen Abend wurde nicht mehr über das Missverständnis gesprochen. Marie vergaß den Zwischenfall gleich wieder und genoss in vollen Zügen die kostbare Zeit mit Luca. Franzi tauschte sich mit Onkel Michele über die morgige Regatta aus und hatte tausend Fragen. Kim dagegen beobachtete Luca immer wieder aus den Augenwinkeln. Irgendetwas irritierte sie an ihm. Es war nur ein unbestimmtes Gefühl, das sie nicht richtig einordnen konnte, aber sie wurde es nicht los.

Nach dem Abendessen hatte Kim eine Idee. Sie ließ Marie und Franzi den Vortritt im Bad, setzte sich im Schneidersitz aufs Bett und klappte den Laptop auf. Dann schaute sie sich die Homepage des Fotografen und die Aufnahmen der Party noch mal an. Besonders die Fotos, auf denen Luca abgebildet war, interessierten Kim. Aber alle Bilder mit ihm waren gelöscht!

»Arbeitest du etwa noch für den Detektivclub?« Marie kam gähnend mit Franzi zurück ins Zimmer. »Mach Schluss für heute. Ich will schlafen.«

»Jetzt noch nicht«, sagte Kim energisch. »Das müsst ihr euch ansehen! Sämtliche Fotos von Luca wurden von der Website entfernt.«

»Was?« Sofort war Marie wieder hellwach. »Bedeutet das etwa, unsere tollen Tanzszenen sind auch weg? Und die super Schnappschüsse von mir? Davon wollte ich mir Abzüge machen lassen!«

»Jetzt vergiss mal für eine Sekunde deine Staraufnahmen«, sagte Franzi. Sie rutschte mit Marie neben Kim aufs Bett und starrte nervös auf den Bildschirm. »Seltsam! Warum sollte der Fotograf die Fotos runtergenommen haben? Der will ja ein Geschäft mit den Abzügen machen.« Franzi kam ins Grübeln. »Und was ist mit Luca?«

Kim nickte. »Das ist auch meine Vermutung. Er könnte etwas damit zu tun haben, weil er vielleicht etwas zu vertuschen hat.«
Marie rückte ein Stück von ihren Freundinnen weg. Ihre Augen funkelten zornig. »Das meint ihr jetzt nicht ernst! Ihr habt Luca in Verdacht?«
Kim blieb ruhig. »Franzi und ich haben nur nüchtern die Fakten analysiert. Luca hat sich heute zweimal ziemlich merkwürdig benommen. Erinnert ihr euch an das Gespräch über die Polizeiuniformen? Und heute beim Abendessen, als er plötzlich erklärte, er sei gar nicht mit Dario, sondern mit Francesco zur Party gekommen? Letztes Mal hatte er noch das Gegenteil behauptet.«
»Ja, das stimmt!«, rief Franzi.
Marie tippte sich mit dem Zeigefinger an die Stirn. »Diesen Quatsch höre ich mir nicht länger an. Was soll Luca damit zu tun haben? Die Taschendiebe haben doch meinen Ring, das habt ihr mit eigenen Augen gesehen!«
Wütend holte Marie sich Ohrstöpsel aus ihrem Nachttisch und ging ins Bett, ohne Kim und Franzi Gute Nacht zu sagen. Sie machte die Augen zu und versuchte alles auszublenden.
Aber auf einmal war die Angst da. Die unsinnige

Angst davor, dass Kim und Franzi recht haben könnten. Und die fast noch schlimmere Angst vor morgen Abend, wenn ihr Vater sie vom Flughafen abholen würde. Seine traurigen Augen, wenn er erfuhr, dass sie den Ring verloren hatte.

Kapitel 12

»Ich liebe Flohmärkte!«

KIM

Seltsame Harlekine

Marie setzte ihre dunkle Sonnenbrille auf. Alles hätte so schön sein können. Die Sonne schien. Das Wasser im Hafen von San Nicolò plätscherte leise vor sich hin. Eine frische Brise erreichte die Zuschauertribünen und die drei !!! hatten tolle Plätze am Lido. Gleich würden die festlich geschmückten Ruderboote auftauchen und der Bürgermeister den goldenen Ring ins Meer werfen. Und genau da lag das Problem: Marie konnte die Zeremonie nicht genießen, weil sie dauernd an ihren eigenen Ring denken musste.

»Was machst du denn für ein Gesicht?«, fragte Tante Florentine. »Bist du traurig, weil Luca nicht hier sein kann?«

Marie wurde verlegen. »Ja, ein bisschen schon«, gestand sie und warf Kim und Franzi dabei einen strafenden Blick zu. Sie konnten den beiden ihre haarsträubenden Behauptungen von gestern nicht verzeihen und ihre Freundinnen hatten sich noch nicht dafür entschuldigt. Entsprechend frostig war die Stimmung zwischen den Detektivinnen.

Tante Florentine drückte Marie kurz an sich. »Du musst nicht mehr lange durchhalten! Spätestens bei der Regatta stoßen Luca und Onkel Michele ja zu uns.«

»Ich weiß«, sagte Marie und versuchte, ein Lächeln in ihr Gesicht zu zaubern.

Luca und Onkel Michele waren zu Hause im Palazzo geblieben. Alle Angestellten arbeiteten seit dem frühen Morgen auf Hochtouren, um rechtzeitig die Cicchetti für das anschließende private Fest fertigzustellen. Marie war nicht nach Feiern zumute. Wenn es nach ihr gegangen wäre, hätte sie das Fest am liebsten abgeblasen.

»Hast du eigentlich unsere Masken dabei?«, wollte Franzi plötzlich wissen.

»Klar«, antwortete Marie einsilbig und zeigte auf ihren dunkelblauen XXL-Shopper.

»Ich freu mich schon darauf, die Masken später beim Bummel über den Trödelmarkt aufzusetzen. Auch wenn gerade kein Karneval ist.« Kim lächelte. »Du bekommst natürlich die schönste Maske, Marie. Die mit dem violetten Federschmuck.«

Es war ihre Art, eine Versöhnung anzubahnen, aber Marie nickte nur stumm und beobachtete, wie die Ruderboote langsam näher kamen.

Auf den Zuschauertribünen brach lauter Jubel aus. Alle standen auf und winkten dem Bürgermeister zu, der im ersten Boot die Hafenöffnung von San Nicolò erreichte. Huldvoll hob der Bürgermeister die Hand und grüßte zurück. Eine Gruppe von Trompetenspielern setzten ihre Instrumente an. Eine feierliche Fanfare erfüllte die Lagune.

Kurz darauf stoppten die Boote. Die Musik verstummte und der Bürgermeister sprach ein paar Worte. Dann holte er weit aus und warf den goldenen Ring ins Meer.

Die Zuschauer klatschten begeistert. Auch Marie wurde von der allgemeinen Freude mitgerissen. Sie stand auf und applaudierte gemeinsam mit Tante Florentine, Kim und Franzi.

»Jetzt müssen wir uns aber beeilen«, sagte Tante Florentine. »Lasst uns schon mal zur Kirche San Nicolò gehen, damit wir die Messe nicht verpassen.«

In der voll besetzten Kirche, die nach Weihrauch duftete, bekam Marie plötzlich einen Kloß im Hals. Die feierliche Atmosphäre, die Kerzen und die vielen Menschen rührten sie. Marie hoffte so sehr,

Fun Fact

Neben dem Markusdom gibt es in der Altstadt etwa 100 weitere Kirchen. Dazu kommen 50 Kirchen auf den Inseln, die zur Stadt gehören.

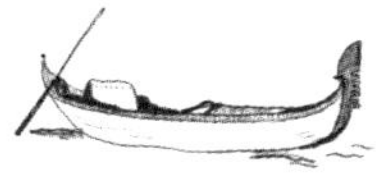

dass ihre zwei Wünsche in Erfüllung gingen: dass sie ihren Ring zurückbekam und dass Luca mit dem Diebstahl nichts zu tun hatte.

Die Messe rauschte an Marie vorbei, ohne dass sie die Einzelheiten der Zeremonie mitbekam. Schon strömten die Menschen zum Ausgang. Die drei !!! und Tante Florentine ließen sich von der Menge hinaus ins Freie schieben.

Vor der Kirche herrschte lebhaftes Treiben. An bunten Buden und überbordenden Klapptischen wurden alle möglichen Arten von Trödel angeboten: Bücher, Kleider, Schmuck, Geschirr und natürlich die typischen Venedig-Souvenirs.

Tante Florentine blieb am Tisch einer Freundin hängen und wünschte den Mädchen viel Spaß beim Stöbern. Sie verabredeten einen Treffpunkt für die Regatta und verabschiedeten sich.
Kim stieß einen Freudenschrei aus. »Ich liebe Flohmärkte! Kommt, lasst uns die Masken aufsetzen!«
Marie kramte in ihrer Tasche und verteilte die Masken. Dann gab sie sich einen Ruck. »Sind wir wieder Freunde?« Statt eine Antwort zu geben, umarmte Kim Marie.
Franzi lachte. »Natürlich! Wir wollten dich gestern nicht verletzen, das musst du uns glauben.«
»Ich weiß.« Marie fiel ein Stein vom Herzen. Erst jetzt merkte sie, wie sehr die angespannte Stimmung sie bedrückt hatte. Dabei hatten Kim und Franzi ja nur Vermutungen ausgesprochen, die sich garantiert nicht bewahrheiten würden.

Kichernd setzten sich die Detektivinnen die Masken auf. Franzi sah mit ihrer Vogelmaske am unheimlichsten aus. Kim bekam durch ihre goldene Maske eine geheimnisvolle Aura. Und Marie wirkte mit ihren violetten Federn wie ein schillerndes Wesen aus *1001 Nacht*.
Die drei !!! mischten sich unter die Leute. Ein paar drehten sich amüsiert nach ihnen um und zeigten

auf die Masken. Aber die meisten beachteten sie nicht weiter. Das Gedränge war einfach viel zu groß.
»Da drüben gibt es Ohrringe aus Glas!«, rief Marie entzückt. »Die muss ich anprobieren.« Sie steuerte auf einen Schmuckstand zu und ließ sich von der Verkäuferin ein besonders schönes Paar in Tropfenform geben. »Stehen sie mir?«, fragte sie Kim und Franzi.
»Ja, du siehst super aus!«, sagte Kim.
Marie kaufte die Ohrringe, ohne um den Preis zu feilschen. Sie behielt den Schmuck gleich an. Das leise Klimpern an ihren Ohren tröstete sie ein wenig über den Ring hinweg, den sie heute besonders stark vermisste.
Die Detektivinnen gingen weiter. Bei einer Bude mit Geschirr kauften sie sich drei Henkeltassen mit Venedig-Schriftzug für ihr Hauptquartier zu Hause. Kurz darauf blieb Franzi an einem Tisch mit Sportartikeln hängen. Sie begutachtete ein paar Stirnbänder. Es war jedoch keines dabei, das ihr richtig gut gefiel. Franzi sprintete los, um den Vorsprung ihrer Freundinnen einzuholen. Plötzlich entdeckte sie in der Menschenmenge zwei Männer mit Harlekin-Masken. Die Männer verschwanden schnell wieder aus ihrem Blickfeld. Trotzdem war Franzi

sofort aufgefallen, dass die Masken dem Beweisstück aus dem Palazzo stark ähnelten. Sie waren auch grün-weiß und hatten lachende rote Münder. Atemlos erreichte Franzi ihre Freundinnen. »Ich glaube, ich hab gerade die Einbrecher gesehen oder zwei Komplizen. Sie trugen genau dieselben komischen Harlekin-Masken!«

»Wo hast du sie gesehen?« Marie reckte suchend den Kopf.

»Bei einem Bücherstand«, berichtete Franzi. »Aber da sind sie natürlich längst nicht mehr. In dem Gewühl haben wir keine Chance, sie zu finden.«

Kims Augen funkelten entschlossen. »Wir müssen es trotzdem versuchen. Am besten teilen wir uns auf. Franzi und ich suchen die Buden an der Kirchenmauer ab, Marie übernimmt die Reihe daneben. In zehn Minuten treffen wir uns wieder am Haupteingang der Kirche.«

»Einverstanden«, sagte Marie und Franzi nickte.

Die drei !!! schwärmten aus. Kim und Franzi durchkämmten Meter für Meter ihr Areal. Kein Mensch außer ihnen und den beiden Verdächtigen trug Masken. Die Harlekine mussten doch auffallen! Sie fragten ein paar Händler, aber niemand wusste etwas.

Fun Fact

Es gibt viele tolle Trödelmärkte in Venedig. Auf dem Wundermarkt (Mercatino dei Miracoli) findet man Kuriositäten, alte Möbel und Bücher.

Enttäuscht liefen Kim und Franzi zum vereinbarten Treffpunkt. Sie waren auf die Minute pünktlich, aber Marie war noch nicht da. Eine Viertelstunde warteten sie ungeduldig.
»Das ist wieder mal typisch Marie!«, stöhnte Kim. »Immer muss sie zu spät kommen.«
Franzi zuckte mit den Schultern. »Vielleicht hat sie noch ein Paar Ohrringe gefunden, dem sie nicht widerstehen konnte.«
»Franzi?« Kims Stimme klang plötzlich seltsam dünn. »Sieh mal, da drüben!« Sie zeigte mit zitterndem Finger auf eine Pfütze neben einer Mülltonne.
Jetzt sah Franzi es auch. In der Pfütze lag eine Maske mit violettem Federschmuck. Maries Maske. Franzi

lief ein eiskalter Schauer den Rücken hinunter. »Marie würde ihre Maske niemals wegwerfen. Jemand muss sie ihr vom Kopf gerissen haben.«
Kim wurde blass. »Ich glaube, Marie … sie wurde … sie wurde entführt!«

Kapitel 13

»Jeder Schuss
ein Treffer!«

ONKEL MICHELE

Hände hoch!

Kim hatte nach der ersten Schrecksekunde sofort Maries Nummer gewählt, aber nur die Mailbox-Ansage erreicht.

»Das Handy macht sie doch nicht freiwillig aus! Wir brauchen Verstärkung«, sagte Franzi. »Wir müssen sofort zum Palazzo und Onkel Michele um Hilfe bitten.« Franzi bückte sich, hob die Federmaske auf und verstaute sie in einer Plastiktüte in ihrem Rucksack.

Kim schickte Tante Florentine eine kurze Nachricht. Dann boxten sich Kim und Franzi durch die Menschenmenge und rannten hinüber zur Anlegestelle mit den Wassertaxis.

»Schnell!«, rief Franzi. »Wir müssen nach Dorsoduro.«

Der Taxifahrer ließ knatternd den Motor an. »*Sì, sì!* Habe verstanden.« Geschickt schlängelte er sich zwischen den vielen Booten am Hafen hindurch.

Und sobald er freie Bahn hatte, brauste er in einem Affenzahn durch die Lagune.
Kim und Franzi dauerte die Fahrt trotzdem viel zu lang. Kim machte sich Vorwürfe. Wenn sie zu dritt zusammengeblieben wären, wäre das alles nicht passiert. Hoffentlich ging es Marie gut! Hoffentlich war sie nicht verletzt!
Endlich erreichten sie die Anlegestelle in Dorsoduro. Franzi gab dem Taxifahrer viel zu viel Trinkgeld und sprang mit Kim aus dem Boot. Dann hetzten sie durch die Gassen. Atemlos erreichten sie den Palazzo. Die Haustür stand offen, worüber sie sich zunächst nicht wunderten. Vielleicht wurden gerade neue Lebensmittel für die Cateringfirma angeliefert. Die Detektivinnen stürmten in die Großküche. Überrascht sahen die Köche von ihren Töpfen und Pfannen hoch.
»Onkel Michele!«, rief Kim. »Wir suchen Michele.«
Der Chefkoch zeigte mit dem Kochlöffel zur Decke. »Der Chef ist oben. Es hat an der Tür geklingelt und er ist mit den Besuchern hinaufgegangen.«
Kim und Franzi warfen sich einen verwunderten Blick zu. Welche Besucher? Onkel Michele und Tante Florentine hatten die Gäste für das Fest erst für den Nachmittag eingeladen.

»Danke«, sagte Franzi.

Die Mädchen machten kehrt, liefen ins Treppenhaus und stürmten die Treppe hoch. Im Flur im ersten Stock hörten sie halblaute Stimmen, die aus dem Wohnzimmer kamen.

Kim riss die Tür auf. »Michele, wir müssen dringend mit dir reden. Es ist …«

Weiter kam sie nicht, weil ein Mann mit einer grün-weißen Harlekin-Maske auf dem Kopf sie unterbrach: »Ach, die kleinen frechen Krabben vom Schiff! Herzlich willkommen. Ihr habt uns gerade noch gefehlt.« Er winkte die Detektivinnen mit einem breiten Grinsen herein und lüftete seine Maske. Der Mann war der pockennarbige Typ vom Vaporetto und aus dem Schmuckladen! Neben ihm an der Wand lehnte lässig sein glatzköpfiger Komplize, der seine Harlekin-Maske bereits abgenommen hatte und mit beiden Armen Marie festhielt. Marie wehrte sich mit Händen und Füßen, aber der Entführer war stärker als sie.

Franzi ballte ihre Fäuste. »Lassen Sie unsere Freundin sofort los!«

Hinter ihrem Rücken räusperte sich jemand. »Das geht leider nicht, fürchte ich.«

Kim und Franzi fuhren blitzschnell herum. Der

Junge, der sich gerade zu Wort gemeldet hatte, war Luca! Neben ihm stand Onkel Michele mit purer Verzweiflung in den Augen.

Kim fragte so ruhig wie möglich: »Luca, was wird hier gespielt? Du steckst doch nicht etwa mit diesen Taschendieben unter einer Decke?« Sie wünschte sich nichts sehnlicher, als dass Luca lachend protestieren würde.

Aber er blieb todernst und sah beschämt zu Boden. Kim hatte den Nagel auf den Kopf getroffen: Er und die Taschendiebe waren Komplizen!

Als Franzi auf die Wand hinter Luca und Onkel Michele starrte, fiel ihr plötzlich auf, dass ein Gemälde fehlte. Die venezianische Landschaft im Goldrahmen lehnte auf dem Sofa. Das Gemälde hatte einen schwarzen Kasten verborgen, der nun zum Vorschein kam: ein verschlossener Tresor.

Die Detektivinnen mussten nur noch eins und eins zusammenzählen, dann wussten sie, was hier gespielt wurde: Luca und die Taschendiebe wollten den Tresor ausrauben und hatten Marie als Geisel genommen!

»Ich warte immer noch«, sagte der pockennarbige Mann zu Onkel Michele und trommelte ungeduldig mit den Fingern auf der Sofalehne. »Los, spuck schon endlich die Zahlenkombination aus! Du willst doch nicht, dass deine Nichte noch mehr blaue Flecken bekommt, oder?« Er nickte seinem Komplizen zu, der seinen Schraubstockgriff prompt verstärkte.

Marie gab keinen Laut von sich, obwohl ihr der Typ garantiert Schmerzen zufügte. Kim suchte hinter sich einen Halt an der kalten Mauer des offenen Kamins. Sie konnte nicht mit ansehen, wie ihre Freundin litt.

Franzi spürte vor allem eine unglaubliche Wut im Bauch. Diese miesen Taschendiebe hatten nicht das Recht, hier einfach hereinzuspazieren und Geiselnahme zu spielen. Von Luca ganz zu schweigen. Er hatte Marie die große Liebe vorgeschwindelt und sie in Wahrheit nur benutzt, um an das Geld ihres Onkels heranzukommen.

Während Franzi fieberhaft überlegte, wie sie Marie retten könnte, seufzte Onkel Michele. »Gut, ihr habt gewonnen. Luca, du hast mein Vertrauen missbraucht und ich will dich nie wieder sehen. Sobald ich euch die Zahlenkombination verraten habe, nehmt ihr, was im Tresor ist, und Marie wird sofort freigelassen. Dann verschwindet ihr.« Er holte tief Luft. »Also, die Zahlenkombination ist …«

»Warte, Michele!«, fiel Franzi ihm ins Wort. »Florentine hat die Kombination heute Morgen kurzfristig geändert. Sie wollte nach dem Einbruch auf Nummer sicher gehen. Die Zahlen stehen hier auf der Innenseite dieser Maske.« Franzi bückte sich und öffnete ihren Rucksack.

»Her damit! Die Zahlen!«, blaffte der glatzköpfige Typ sie an.

Franzi verschränkte lächelnd die Arme vor der Brust. »Nö, keine Lust. Ihr müsst euch die Maske schon selber holen. Aber ich warne euch. In meinem Rucksack steckt auch noch eine alte venezianische Pistole. Und die ist geladen.«

»Du lügst doch wie gedruckt!«, sagte der pockennarbige Typ besonders laut, um seine Unsicherheit zu überspielen.

»Meine Freundin sagt die Wahrheit.« Kim sah erst den beiden Taschendieben und danach Luca direkt in die Augen. »Die Pistole stammt aus dem Familienbesitz von Michele. Er hat uns in den letzten Tagen beigebracht, wie man schießt. Und wir haben uns gar nicht so dumm dabei angestellt, nicht wahr?«

Onkel Michele polterte mit seinem dröhnenden Lachen los. »Kann man wohl sagen. Jeder Schuss ein Treffer!«

Der Pockennarbige sah Hilfe suchend zu seinem Komplizen hinüber.
Der Glatzkopf zuckte unbeeindruckt mit den Schultern. »Einer von euch holt jetzt die Maske«, sagte er leise. Seine Stimme hatte einen drohenden Unterton, der seine Wirkung bei den beiden nicht verfehlte.
»Geh du!«, zischte der pockennarbige Typ nervös.
»Nein, du! Ich hab euch doch gesagt, dass ich mit dem Ganzen hier nichts zu tun haben will«, sagte Luca.
»Geh schon!«
Die beiden gerieten so in Streit, dass sie sich gegenseitig anschrien und wütend zu raufen begannen.
»Hört auf damit! Auseinander!«, befahl der Glatzkopf, aber da war es schon zu spät. Er hatte Marie für einen kurzen Augenblick losgelassen, um die beiden Streithähne zu trennen.
Blitzschnell schossen Kim und Franzi auf die Taschendiebe zu, schubsten sie zur

Fun Fact

Venedig sieht aus der Vogelperspektive wie ein Fisch aus.

Seite, packten Marie, brachten sie zum offenen Kamin und stellten sich schützend vor sie. Plötzlich war Onkel Michele an ihrer Seite. Er schnappte sich Kims Rucksack und gab den beiden Mädchen eine Schaufel und eine Zange aus dem Kaminbesteckständer. Drohend erhoben sie gleichzeitig ihre Waffen und Michele tat so, als ob er gleich die Pistole aus dem Rucksack holen würde.

»Wagt bloß nicht, auch nur einen Schritt näher zu kommen!«, knurrte Onkel Michele. »Sonst kann ich für nichts garantieren.«

»Was sollen wir jetzt machen?«, fragte der Pockennarbige mit zitternder Stimme.

Der Glatzkopf zögerte nur zwei Sekunden. Dann zischte er: »Abflug!«

Die Taschendiebe stimmten ein lautes Gebrüll an. Sie warfen drei Stühle um, schleuderten sie ihren Gegnern vor die Füße und rannten aus dem Wohnzimmer. Luca kippte auf der Flucht noch eine Stehlampe um.

Zum Glück war bei der Aktion niemand verletzt worden, aber die drei !!! und Onkel Michele verloren kostbare Zeit, bis sie die Möbel aus dem Weg geräumt hatten und endlich die Verfolgung aufnehmen konnten.

Auf der Treppe rief Onkel Michele ihnen zu: »Ich glaube, ich weiß, wo die Kerle hinwollen. Am Ende unserer Gasse ist ein leerer Speicher. Von dem haben sie vorhin geredet. Kim, Marie, nehmt ihr den Landweg. Ich steige mit Franzi in mein Boot. So können wir sie umzingeln.«

»Genialer Plan!«, sagte Franzi.

Onkel Michele rief noch schnell die Polizei an. Im Laufen gab er seine Meldung durch, nannte den Speicher und den Namen der Gasse und legte auf.

»Schneller, Kim!« Marie drehte sich hektisch winkend um.

»Ich komme!«, rief Kim und holte Marie im Blitztempo ein.

Gemeinsam rannten sie die Gasse hinunter. Am Ende wurde sie immer schmaler und dunkler, aber diesmal hatten die Detektivinnen keine Angst. Vor ihnen hörten sie eilige Schritte, die irgendwann stoppten. Jetzt sahen sie die Taschendiebe. Sie standen einen Augenblick unschlüssig vor einem Speichergebäude. Dann gingen sie auf den Eingang zu.

»Halt, stehen bleiben!«, rief Marie. Sie zog einen länglichen schwarzen Gegenstand aus ihrer Jackentasche und richtete ihn auf die Verbrecher. »Wir sind bewaffnet.«

Luca und seine Komplizen drehten sich zögernd um.
»Hände hoch!«, befahl Marie und fuchtelte mit ihrem schwarzen Schminktäschchen herum, damit niemand auf die Idee kam, es könnte keine Pistole sein.
»Langsam, langsam!«, versuchte Luca sie zu beschwichtigen. »Tu das nicht, *cara mia*. Du wirst es hinterher bereuen, wenn du auf mich schießt. Ich liebe dich doch.«
Marie schüttelte den Kopf. »Nimm sofort deine Hände hoch!«
Luca gehorchte, und weil er es tat, machten es seine Komplizen ihm nach. Doch plötzlich stürmten alle drei in den Speicher. Marie und Kim rannten hinterher.
Und dann passierte alles auf einmal: Ein Bootsmotor knatterte. Onkel Michele und Franzi sprangen aus dem Boot und rissen die Eingangstür des Speichers zur Kanalseite auf. Luca und die Taschendiebe liefen ihnen direkt in die Arme. Kim und Marie schnitten den Fluchtweg nach hinten ab. Eine Polizeisirene schrillte. Keine Minute später schnappten klirrend drei Handschellen zu.
Luca sah Marie mit einem Blick an, der Steine zum Erweichen bringen konnte. »Bitte, Marie! Du

musst dich bei der Polizei für mich einsetzen. Ich bin völlig unschuldig in diese Sache reingerutscht.«

Es kostete Marie fast unmenschliche Kraft, aber sie schaffte es. »Nein«, sagte sie traurig zu Luca. »Das Spiel ist aus.«

Detektivtagebuch von Kim Jülich
Sonntag, 20:09 Uhr
Ich sitze mit Marie und Franzi im Flieger. Venedig liegt weit hinter uns und wir überqueren gerade die Alpen. Noch nie haben wir es mit so einem fiesen Verbrecher zu tun gehabt. Luca hat Marie das Herz gebrochen und allein dafür müsste er drei Jahre extra Gefängnis aufgebrummt bekommen!
Wenigstens hat er gleich bei der Festnahme ein Geständnis ablegt und Maries Ring zurückgegeben. Der Ring war ihm schon auf dem Vaporetto aufgefallen. Er wollte ihn gerade stehlen, als wir seinen Komplizen einen Strich durch die Rechnung gemacht haben. Aus Wut ist Luca uns zum Palazzo gefolgt und hat dort von der Party gehört. Am Abend hat er sich einfach Dario angeschlossen und kam so problemlos auf die Party. Der Flirt mit Marie war natürlich geplant und bei der Abschiedsumarmung konnte er ihr den Ring unbemerkt vom Finger ziehen. Alles Weitere sollte uns

auf die falsche Spur locken und ihn als Helden erscheinen lassen. Der Besuch im angeblichen »Präsidium« war nur ein mieses Schauspiel mit Freunden von ihm gewesen und die Aktion im Schmuckladen genauso. Damit man ihm nicht so leicht auf die Schliche kommen konnte, hatte er noch veranlasst, dass die Fotos von ihm auf der Party von der Homepage des Fotografen genommen wurden. Was Luca allerdings nicht geplant hatte: Er hat sich nach der Party tatsächlich in Marie verliebt, aber da war es schon zu spät, um ihr die Wahrheit über sein Leben als Dieb zu sagen. Er hatte nämlich seinen Komplizen schon von Micheles Tresor erzählt. Sie haben ihn unter Druck gesetzt. Und er brauchte dringend Geld, weil er große Schulden angehäuft hatte. Ab da setzte er alles daran, den Tresor zu knacken.

Er ist am Freitagabend Michele nachgeschlichen, der die Tageseinnahmen der Cateringfirma in den Tresor bringen wollte. Luca hatte geplant, Michele heimlich als Spion mit seiner Videokamera dabei zu filmen, wie er die Zahlenkombination eingab. Sein Pech, dass er vorher auf der Treppe gestolpert ist. Später hat er Michele und Florentine nach dem Hochzeitstag und den Geburtstagen ausgefragt, weil er eine der persönlichen Zahlen als Code des Tresors vermutete. Aus demselben

Grund hat er unbemerkt Micheles Haustürschlüssel nachmachen lassen, ist eingebrochen und hat das Stammbuch gestohlen. Bei der Gelegenheit hat er auch versucht, den Tresor zu öffnen. Aber es ist ihm nicht gelungen. Schließlich griff er zum letzten Mittel: der Entführung und Geiselnahme.

Arme Marie! Sie kann es einfach nicht fassen, was Luca ihr angetan hat. Franzi und ich tun natürlich alles, um sie zu trösten.

Jetzt muss ich leider aufhören zu schreiben. Marie braucht neue Taschentücher und eine extradicke Umarmung von mir. Und danach müssen wir dringend auf unseren erfolgreich gelösten Fall anstoßen!